MALDITO SIDA

Juan Ysidro López

Reservados todos los derechos. No se permite la reproducción total o parcial de esta obra, ni su incorporación a un sistema informático, ni su transmisión en cualquier forma o por cualquier medio (electrónico, mecánico, fotocopia, grabación u otros) sin autorización previa y por escrito de los titulares del copyright. La infracción de dichos derechos puede constituir un delito contra la propiedad intelectual.

El contenido de esta obra es responsabilidad del autor y no refleja necesariamente las opiniones de la casa editora. Todos los textos e imágenes fueron proporcionados por el autor, quien es el único responsable por los derechos de los mismos.

Publicado por Ibukku, LLC
www.ibukku.com
Diseño y maquetación: Diana Patricia González Juárez
Diseño de portada: Ángel Flores Guerra Bistrain
Copyright © 2023 Juan Ysidro López
ISBN Paperback: 978-1-68574-439-7
ISBN Hardcover: 978-1-68574-441-0
ISBN eBook: 978-1-68574-440-3

Índice

MALDITO SIDA
PRIMERA PARTE — 5

MALDITO SIDA
SEGUNDA PARTE — 67

MALDITO SIDA
PRIMERA PARTE

Dios, al parecer, para castigar a aquellas personas que suben a la cima de la pasión sin cuidado, lanzó a la tierra una terrible enfermedad llamada sida. Mi cuerpo se encontró con ella cuando ya no podía soportar las ganas, el deseo de estar con una mujer.

Mi naturaleza, apoyándose en mi edad, me estaba empujando a aparearme. Fue por lo que, con el dinero que un padrino mío me regaló, por un buen negocio que hizo y por motivo de uno de mis cumpleaños, salí con la gran intención de invitar a una mujer a que subiéramos a la cima de la pasión. Así: me encontré con una hermosa prostituta y estuvimos de parranda. Me embriagué de tal manera que luego nos fuimos a una cama e hicimos el amor varias veces, sin que yo me protegiera, sin usar preservativos. Fue cuando adquirí esta maldita enfermedad.

¿Dónde empezaría todo? Quizás fue cuando yo ni siquiera había nacido.

Hace mucho tiempo, la naturaleza empezaba a ponerse de acuerdo para que yo naciera. A mi madre, que para tal entonces era virgen, ya le habían crecidos los senos. En ella nacían sentimientos que trataban de lanzarla por el profundo precipicio del placer.

Mi madre no era, ni es, una persona físicamente normal porque, cuando era niña, enfermó de poliomielitis. Ella quedó con el brazo izquierdo encogido y con una leve cojera en una de sus piernas. Aquellos dos miembros se le iban desarrollando menos que los demás. Aunque el destino le restó belleza y validez, ella no dejaba de ser muy atractiva; con su pelo negro como el carbón y tranquilo como las aguas de un profundo río, le llegaba hasta su cintura. Sus ojos no se hallan tan ocultos bajo sus cejas. Tiene la nariz puntiaguda. Sus labios, sus mejillas y sus senos: nunca han sido abultados. Su estatura es mediana. Su india piel tiene algo de caoba.

Si ahora, como con treinta y siete años, Nanita luce tan atractiva, aun con el problema que le dejó la poliomielitis, imagínense cuando tenía quince: con toda la elegancia y la frescura de aquella edad.

En aquellos días, en que empezó a darse una relación entre quienes hoy son mis padres, mi mamá tenía quince años y mi papá, sesenta.

Mi papá se llama Arcadio. Aunque no era un viejo, cuando se empezó a involucrar con mi madre, por la corta edad que ella tenía, y él con sesenta años: era como sí lo fuera.

Aunque no se sabía precisamente cuántos años tenía Arcadio, cuando empezó a involucrarse con mi madre, porque él no se lo decía ni se lo había dicho a persona alguna, su físico delataba la gran diferencia de edad que había entre él y mi mamá. Ya sus cabellos empezaban a tornarse blanco y se notaban pequeñas arrugas en su rostro, además: las personas, que lo conocían desde siempre, calculaban que andaba en los sesenta años.

Los ancianos, que siempre han vivido en este vecindario, donde yo nací, contaban lo siguiente:

Unos señores compraron unas cuantas tareas de terreno por aquí. Lo más probable era que llegaran huyendo de alguien, o de algo, porque nunca hablaron de su procedencia. Jamás vimos que lo visitara algún familiar, o amigo, de donde ellos procedían.

Llegaron con un recién nacido en brazos y se alojaron en una pequeña vivienda que alquilaron, mientras construían una en el terreno que habían comprado. Nunca tuvieron más hijos y siempre fueron tres, en la casa que habían hecho: la mujer y su esposo, y su hijo llamado Arcadio.

Cuando Arcadio tenía veinte años se metió en amores con una muchacha. Llevaban dos primaveras teniendo una relación romántica. Fue cuando a ella se le presentó un viaje ilegal para Los Estados Unidos. Arcadio no estaba de acuerdo con que se fuera; pero lo convenció de que era lo mejor porque vendría a casarse con él, cuando ella consiguiera la residencia.

La mujer se fue ilegalmente para Los Estados Unidos.

Como en aquel tiempo la comunicación no era buena, fue al año que aquella mujer se comunicó con Arcadio. Le dijo que se había casado por negocio, con la finalidad de conseguir la residencia para venir a casarse con él y hacerle viaje. Le pidió que le mandara dinero, en dólares, para ayuda de las gestiones. Arcadio se lo envió muy conforme porque tenía la esperanza de volver a verla y de que se casarían.

Pasaron treinta años.

Dentro de aquel lapso de tiempo, la mujer le escribía a Arcadio, siempre con el mismo cuento. Casi todo el dinero, que aquel hombre ganaba, tenía que enviárselo a su amada Martina.

Algunas personas, que también viajaban a Los Estados Unidos, le aconsejaban a Arcadio que se olvidara de aquella mujer porque ella se había casado por amor y que hacía tiempo que tenía su residencia. Le decían que ella no quería venir al país para no encontrarse con él; pero Arcadio no les hacía caso y seguía esperando a su amada Martina.

Al transcurrir treinta y cinco años, luego de que aquella mujer se fuera para Los Estados Unidos, se corrió el rumor de que ella vendría para su casa. Arcadio se sintió sumamente contento porque iba a volver a verla, luego de aquel largo tiempo.

Cuando llegó el día, que se rumoraba que ella vendría al país, vino; pero no llegó a su casa para no encontrarse con Arcadio. Se quedó en la capital, en la vivienda de su marido. Los que sí vinieron, al día siguiente, a la casa de su abuela materna, fueron los hijos de Martina: una mujer y dos hombres.

Al llegar el día siguiente, a las nueve de la mañana, unos señores le contaron a Arcadio que los hijos de su amada estaban en la casa de la mamá de ella. Él decidió ir para allá, con fin de comprobar si era cierto. Cuando llegó, los encontró sentados en torno a una mesa, estaban desayunándose.

Cuando Arcadio llegó a aquella casa se dirigió a donde se hallaban los hijos de su amada y les preguntó:

—¿E' verdá que utede son hijo' de Martina?

—¡Ajá! —le respondió la mujer.

—Sí —le contestó uno de los varones.

El otro hombre se quedó callado.

Al oír aquello, Arcadio sintió que se le había desprendido el alma.

En aquel preciso momento, se le acercó la mamá de Martina, la cual llevaba consigo una bandeja con algunas tazas de postre. Ella dejó caer todo, ante la sorpresa de ver a Arcadio allá: sintió que se podía armar un lío.

Arcadio agachó su cabeza y se retiró sin decir nada. La mamá de Martina dejó todo tirado y lo siguió. Le daba voces para hablarle y tratar de aliviar sus pesares. Aquel hombre continuó su camino dejando a la doña con las palabras en la boca.

Cuando Arcadio llegó a su casa se fue a su aposento y desde allí salió con un colín, y se dirigió a una piedra de amolar. Aun que aquél tenía filo, se pasó el resto de la mañana amolándolo. Mientras lo hacía, lloraba. Su papá y su mamá se le acercaron. Como ellos sabían lo que estaba pasando, le aconsejaron que se olvidara de aquello, que esperara a que se hiciera la justicia divina.

A las doce del mediodía, Arcadio dejó de amolar su colín y se dirigió a su cuarto; allí lo guardó donde mismo estaba antes. Daba la impresión de que lo había amolado, y guardado, para usarlo en contra de su amada, en cuanto ella apareciera.

A las dos de la tarde, llegó la noticia de que Martina y su esposo se habían matado en un trágico accidente. Ellos iban rumbo a una playa.

Según dijeron:

Una patana sin freno iba detrás de su vehículo. El chofer de aquélla les tocaba bocina para que se echaran a un lado; pero no lo obedecían porque pensaban que lo hacía por prepotencia y altanería.

También dijeron:

La patana le pasó por encima al vehículo y la pareja de esposo falleció al instante.

Cuando Arcadio se enteró de aquello se le generó un choque de sentimientos: por un lado, sentía que dios había hecho justicia y por otro, se apenaba por la trágica muerte de la mujer que siempre había amado.

Habiendo transcurrido cinco años, de la muerte de Martina, un día, cuando mi mamá andaba en los quince, Arcadio se hallaba frente a una abandonada casa. Estaba esperando a que Nanita viniera de regreso de la escuela. Ya pasaba de las doce del meridiano. Cuando aquel hombre vio que ella iba pasando, le piteó y le hizo algunas señas, diciéndole que entrara.

Nanita se percató de que más personas no la estaban viendo. Al sentirse segura, decidió entrar. Rápidamente, Arcadio la tomó de un brazo y le dijo:

—Ven… Vámono' pa' allá atrá'.

Ella no decía sí, pero tampoco, no. Simplemente, se dejaba llevar.

El patio de aquella casa estaba completamente baldío. Había un caminito que llegaba a la cocina y seguía hasta la letrina. La maleza se levantaba sumamente alta.

Las paredes de la casa estaban hechas a medio cuerpo de blocks y, la parte superior, de tablas de palma. Estaba cobijada con un zinc que ya se veía todo enmohecido. Algunos bejucos se estaban adueñando de aquella vivienda.

Arcadio y Nanita se refugiaron en la maltrecha cocina, la cual quedaba más para atrás de la casa. Aun que aquella se hallaba toda descercada, no podían ser visto desde el frente de la vivienda o desde el callejón.

Una vez que estuvieron en la cocina, Arcadio no perdió tiempo y empezó a besar a Nanita. Unos segundos más para acá, la pasión se había hecho tan grande que empezaron a desnudarse mientras se besaban. Fue cuando entró al patio un muchacho, como de dieciséis años, y llegó para atrás y los vio a ambos, casi desnudos.

Arcadio se vistió rápidamente y emprendió la huida, cruzando una alambrada que estaba casi en el suelo.

Nanita quedó a sola con aquel muchacho. Ella se hallaba algo nerviosa y asustada. Ella trataba de abrocharse su blusa de manera sumamente rápida. También se subió la falda, que tenía bajada hasta sus tobillos. Aquel muchacho sentía un gran deseo de abrazarla y besarla. Él miró la carátula de un reloj de mala muerte y le dijo:

—Vete de aquí que etoy esperando a una amiga mía.

Tres días más para acá, aquel muchacho no le había dicho a nadie lo que vio, pero no podía contenerse. En horas de la mañana, decidió contárselo a su mejor amigo.

Al terminar de hablar, le pidió que no se lo dijera a nadie; pero aquello fue como si lo hubiera puesto en el periódico: al atardecer del día siguiente, todo el mundo sabía lo ocurrido entre Arcadio y Nanita.

Cuando todo aquello ocurrió, la edad de Nanita andaba en los quince años y la de mi papá, en los sesenta; por tal razón: las personas serias veían sumamente mal lo ocurrido. Fue por lo que Arcadio duró varios días que no se dejaba ver de los demás. Vivía metido en su casa y en los cacaotales, dizque trabajando. Lo que le ocurría era que estaba avergonzado por lo que había hecho.

Tal parecía que Arcadio vio en Nanita a aquella mujer que tanto amó porque, aunque Martina andaba en los cincuenta años cuando falleció, en el alma de aquel viejo siempre era tan joven como cuando dejó de verla.

Nanita se había criado sin padre, aunque no fue porque él no la quisiera, a ella y a su mamá. Lo ocurrido fue que su papá se marchó para Los Estados Unidos, desde antes de que ella naciera. Él estaba muy atento a la niña y a la mamá de aquella; pero falleció en un trágico accidente, como a los cinco años, luego de que naciera quien hoy es mi madre.

Cuando Nanita tenía quince años su familia se componía de su madre, Carmela; su tío, Fernando; y su abuela, Alejandrina.

Carmela era una mujer de poco carácter, incapaz de tomar grandes decisiones por sí sola. Para ayudar con la manutención de su hija, salía a lavar ropa ajena y a hacer otras labores domésticas.

Quien tenía la mayor calidad de mando, en la casa en que vivía Nanita, era Fernando. Aquel día, en que ellos se enteraron de que Nanita había estado con Arcadio, él le dio una pela que le dejó los ramalazos pintados en la espalda. Entonces fue a reclamarle a mi papá, a su propio hogar, pero no lo encontró.

Tres semanas más para acá, todo lo ocurrido parecía haberse olvidado. Fue cuando Arcadio dijo que iría a la capital el sábado de la siguiente. Él iba a estar donde una hermana suya: hacía tiempo que no sabía de ella.

En los vecindarios de los campos, las noticias andan a gran velocidad, aunque no sean tan interesantes, por tal razón: todo el mundo sabía que Arcadio iría a la capital. Sabían hasta el día y la hora.

El vehículo, en que Arcadio iría a Santo Domingo, salía a diario a la cinco y media de la madrugada. Aquel día no fue: al dueño, y chofer del mismo, se le presentó un grave problema que se lo impidió.

Arcadio se quedó preparado para salir. Esperó hasta las siete de la mañana para ver si aparecía el vehículo. Como no apareció, decidió volver a su cama.

Por otro lado, mi abuela, Carmela, tuvo que salir para el río a lavar ropa. Mi bisabuela, Alejandrina, salió a dar un paseo por los alrededores. Ella dejó a Fernando en la casa y a la muchacha que hoy es mi madre. Aquel hombre también decidió irse a andar.

No había por qué cuidar a la señorita, Nanita: quien le podía hacer daños, según pensaba todo el vecindario, iba rumbo a la capital.

Arcadio despertó a las diez de la mañana. Luego de vestirse y de lavarse la cara otra vez, decidió salir a dar un paseo por los alrededores. Al pasar por frente a la casa, donde vivía Nanita, la vio solitaria. Decidió entrar a pedir un vaso de agua. En realidad, sus intenciones eran otras: ver si la señorita de la casa se hallaba sola.

Cuando Nanita abrió la puerta se sintió algo tímida. Cada vez que veía a Arcadio sentía un gran deseo de abrazarlo y besarlo, y de llegar más lejos que eso. ¡Qué cosa… una muchacha jovencita enamorada de quien, para ella, podía ser un anciano!

—¡Hola, Nanita! —le dijo Arcadio a la muchacha, y anduvo cada rincón de la casa. Luego se dirigió al patio y a la cocina, para ver si había alguien allí.

Arcadio volvió a la sala y, mientras acudió a sentarse, le preguntó a la muchacha:

—¿Me puede' conseguí un vaso de agua?

—¡Ajá! —respondió Nanita sin dejar de mirarlo.

Nanita fue a la cocina y regresó con el vaso de agua.

—Eta casa si etá como solitaria hoy… ¿Qué e' lo que pasa? —dijo y preguntó Arcadio, mientras recibía el agua que Nanita le estaba pasando.

—E' que la gente de aquí se fue a andar y creo que hasta la' doce' no volverán.

Arcadio no le quitaba la vista de encima a aquella muchacha: ella se hallaba vestida con unos pantaloncitos cortos que no les cubrían sus hermosas piernas, y tenía puesta una blusa que dejaba ver su ombligo.

Nanita era una muchacha puta: mientras Arcadio se tomaba el agua, ella entró a uno de los aposentos de aquella casa; justamente donde estaba su camita, que ni siquiera había arreglado, y se desnudó completamente quedando como su mamá la había echado al mundo. Ella quería que aquel hombre le robara la virginidad.

—¡Arcadio! —llamó Nanita desde aquel aposento.

—¿Qué fue? —preguntó Arcadio mientras se incorporó.

—Ven acá pa' que me ayude a mover eta camita.

Arcadio se dirigió a aquel aposento. Al echar la cortina a un lado, se quedó paralizado al ver a Nanita completamente desnuda. Ella trataba de mover su camita como si no le diera importancia a su desnudez.

En Arcadio, el deseo se había hecho más grande que cualquier razonamiento lógico. Entró, la abrazó fuertemente y la tiró en la camita, quedando ella bocarriba. Él se le fue encima. La manoseaba y la besaba con una pasión desmedida. Era como un cerdo hozando en el lodo. Fue en aquel momento cuando tuvo origen mi vida.

Soy el producto de un gran momento de amor y de pasión, en la vida de un hombre y de una muchacha que llegaron a desearse como locos.

Al terminar de echar afuera toda su pasión, se sintieron algo arrepentidos. Arcadio le pidió a Nanita que no le dijera a nadie lo que había ocurrido entre ellos, y se marchó.

Aquella muchacha se hallaba atemorizada por lo que había hecho. Ella decidió no continuar allí e irse para donde una amiguita. Una vez que cerró toda la casa, se marchó.

Si mamá sabía poco de sexo, Arcadio entendía menos: en su acto sexual, la sábana se arrugó más y ocultó una mancha de sangre que dejó Nanita en ella; ambos se alejaron de aquel aposento sin revisar el lecho en que habían desbordado toda su pasión.

Al llegar el mediodía, la familia Ramírez iba regresando a su casa. La primera en decir presente fue mi bisabuela, Alejandrina. Ella entró al patio de su vivienda. Al verla cerrada, dijo:

—¡Bueno!... aquí como que no se cocinó, hoy. Uhhh... talbé Nanita se fue a andar con su tío.

La vieja entró a la casa y abrió todas las persianas de la sala. Luego se dirigió a su aposento y después, al de Nanita y Carmela. Ella vio que la sábana de una camita estaba toda arrugada. Decidió tendérsela mejor, mientras dijo:

—Y miren cómo dejó Nanita su camita, ¡pero qué muchacha esa!

La sábana se hallaba tendida, pero muy arrugada. Aquella tenía tantas arrugas que dejaba sin cubrir grandes pedazos del colchón de la camita. Cuando Alejandrina la tendió mejor vio la mancha de sangre que había en ella.

—Pero ¿qué eto? —se preguntó.

Fue en aquel momento cuando escuchó que alguien había entrado a la casa. Ella salió del aposento para darse cuenta de quién era. Al ver que se trataba de su hijo y que había llegado sin Nanita, se llevó otra sorpresa. Le dijo:

—Pero ven acá... ¿Nanita no andaba contigo?

—No, mamá; cuando yo me fui, la dejé aquí.

—¿Y tú la déjate sola? ¡Bueno!… la suerte que Arcadio anda pa' la capital.

—No, mamá; él no fue: yo lo vi casi ahora, trabajando el patio de su casa.

—Pero… ¿dónde etará Nanita?

—Uh…

—Bueno, eto me huele mal: a Nanita le llegó la mentruación o le hicieron llegar otra cosa.

—¿De qué uté etá hablando, mamá?

—Ben pa' que vea'.

Aquella vieja se dirigió a uno de los tres aposentos; su hijo la siguió muy de cerca.

—Mira la sábana de eta camita: se manchó de sangre, y esa e' sangre freca.

Fernando le echó una profunda mirada a la mancha que su mamá le estaba mostrando; hasta la palpó y la olió.

—¿Tú cree' que jodieron a Nanita, mamá?

—Yo creo que sí porque la sábana etaba muy arrugá, cuando yo llegué.

—Bueno, po yo voy a bucarla pa' que uté hable con ella y la revise. Me imagino que debe etar con su mamá, o con su amiguita. Si fue que la jodieron, el que le hizo eso se metió en un lío feo, muy feo.

Fernando salió a buscar a Nanita y la encontró en la casa de su amiguita. Aquélla se hallaba altamente pensativa y cambió de color cuando vio a su tío. Él se acercó a ella con una mirada sumamente interrogante y le dijo:

—Vamo' pa' mi casa que mamá te quiere ver pa' preguntarte una cosa... —La sostuvo por el brazo bueno. La llevaba casi a rastras.

La muchacha iba algo preocupada; pero no tanto como su situación lo ameritaba: como no había nadie en la casa, cuando ella tuvo relaciones sexuales con Arcadio, no sospechaba que habían visto aquella sangre.

Inmediatamente llegaron, Fernando llevó a Nanita ante Alejandrina, que aún se hallaba en el aposento.

Alejandrina sostuvo a Nanita con una de sus manos y con la otra señalaba la sangre que manchó la sábana. Con su boca le preguntaba:

—¿De dónde diablo salió esa jodía sangre, que manchó la sábana tuya, Nanita?

—¡Yo no sé! —le respondió la muchacha nerviosa y asustada— ¡Yo no sé de sangre!

Nanita dijo la verdad: ella no sabía de dónde había salido aquella sangre que manchó la sábana.

—Yo voy a ver si e' verdad que tú no sabe de dónde salió esa jodía sangre.

Al decir aquello, Alejandrina empezó a desnudar a la muchacha, desde la cintura para abajo. Al terminar de quitarle aquella ropa, la acostó bocarriba y le revisó su parte reproductora. Ella vio que sí presentaba indicios de haber tenido relaciones sexuales recientemente.

—Con que te acotate con un hombre... —le dijo su abuela como si quisiera quemarla con su mirada.

—¡No, abuela, yo…! ¡Yo no me acoté con ningún hombre! —Le contestó la muchacha nerviosa y asustada.

—Má' te vale que me diga la verdad…

Al decir aquello, Alejandrina se dirigió a un cordel de ropa. Allí también había una vieja correa: la tomó y la dobló en dos, y se dirigió de nuevo a la muchacha.

Desesperada, Nanita logró alcanzar una toalla y se la ató alrededor de la cintura, utilizándola como si fuera una falda. La muchacha quiso salir huyendo; pero la abuela se movió rápidamente y le echó mano por sus cabellos, luego la soltó para sostenerla por un brazo. Ella le daba fuertes correazos mientras le preguntaba:

—¿Quién fue que te hizo mujer?

—Nadie, abuela; nadie.

Alejandrina dejó de pegarle porque se estaba sintiendo sofocada. Ahora iba a ver si le sacaba la verdad usando más las palabras que los golpes.

—Si tú no me dice': ¿quién te hiso mujer? ahorita te lo va a preguntar tu tío con un laso doblado en cuatro.

—¡Ay no, abuela; tío me da golpe muy recio!

—Po dime: entonce', ¿quién te hiso mujer? —le pidió la vieja mientras la hamaqueaba bruscamente.

—¡Etá bien, abuela, te lo voy a desí, pero no deje que tío me faje a golpe!

—Etá bien, ¡pero dime ya! ¿fue Arcadio el que te jodió?

—Sí, abuela; fue él.

Fernando se hallaba en el patio de la casa. Él pensaba que la vieja tenía el control de la situación. Se dirigió a su mamá al escuchar la voz de aquélla.

—¿Qué fue, mamá?

—Oye quien fue que la jodió: Arcadio...

—Yo me imaginaba que ese hombre del diablo iba a joder a Nanita. Ahora mimo voy pa' su casa...

—No, porque tú ere' hombre y él también... No se sabe en qué puede parar eto. Mejor sácate el motor pa' que vayamo' al cuartel a poner la querella. Lo vamo' a meter preso pa' que no sea sinvergüenza. Ese ratrero, habiendo tanta' mujere'... ¿Por qué mejor no cogió a una mula o a una burra?

Fernando y su mamá salieron al callejón llevando consigo a Nanita para ir al cuartel. Fue cuando llegó la mamá de la muchacha. Ella preguntó lo que estaba pasando.

—¡Ay tú no sabe' —le respondió Fernando— que a Nanita la jodieron!

—¿E' verdad, mamá? —preguntó la mamá de la muchacha algo exaltada.

—¡Ajá! y aquí mimito fue.

La adolescente se hallaba con su rostro agachado.

—¿Y quién fue que la jodió? —volvió a preguntar Carmela.

—Oh, ¿y quién iba a ser? El hombre del diablo, ese: Arcadio —respondió Fernando.

—¿Y él no anda pa' la capital? —preguntó la mamá de Nanita, otra vez.

—Ese ratrero no fue —volvió a responder Fernando— y aprovechó que la muchacha etaba sola.

Carmela miró a su hija fijamente. En un momento, se le metió una gran furia que casi no podía controlar. Rápidamente, se dirigió al interior de su casa y luego a su aposento, de donde extrajo un largo punzón.

Al verla salir de la casa, Alejandrina y Fernando acudieron a sostenerla fuertemente. Todo para que no fuera a cometer una locura. Al hacer aquello, madre e hijo, procuraban no salir heridos.

—¡Suéltenme… que ahora mimo lo voy a matar! ¡Suéltenme! —decía Carmela mientras trataba de soltarse de las cuatro manos que la sostenían.

—¡Que te tranquilice, Carmela! ¡Tranquilízate, coño! —le dijo Alejandrina.

—¿Tú no oye' e', que te tranquilice? —le preguntó Fernando.

Mientras aquello ocurría, bajo la ardiente mirada del sol, Nanita se hallaba pensativa y nerviosa. Estaba en la sombra de un árbol de almendra, agregada a él, con su rostro agachado.

Muchas personas salieron de los alrededores para ver lo que estaba pasando. Algunas se acercaron. Dos o tres le hacían preguntas a la adolescente y otras ayudaban a sostener a mi abuela. Ella se hallaba toda sudada y con su rostro tan colorado como la remolacha.

No todo el vecindario se hallaba frente a la casa de Nanita; pero no había pasado ni media hora cuando ya el mundo entero sabía lo ocurrido.

Fernando y Carmela se dirigieron al cuartel a poner la querella. Ellos llevaban a Nanita en medio de una motocicleta. Decían que era una violación y que Arcadio debía ser encarcelado.

A las tres y media, de la tarde, la policía detuvo a Arcadio. Lo puso detrás de las rejas. Sé que él nunca ha olvidado, ni olvidará, aquel momento en que hizo el amor con Nanita porque, quizás, aquella fue su primera vez y por los problemas en que se metió.

Dos meses, antes de aquel día en que Nanita entregó su virginidad, a Arcadio se le había muerto el papá. Solamente le quedaba su mamá. Al parecer, ella también moriría pronto ya que se hallaba muy enferma. La pobre no podía salir a hacer diligencias para que soltaran a su hijo.

La vieja estaba por vender una porción de terreno para sacar a su hijo de la cárcel.

El abogado, puesto por la parte acusadora, fue a visitar a Arcadio. Él trataba de ganarse sus honorarios yéndose por el camino más corto. Le propuso al prisionero que convencería a los familiares de Nanita para que retiraran la querella, si le conseguía trescientos mil pesos. Fue lo mismo que le dijo a la mamá de aquél.

Para conseguir esa cantidad de dinero, Arcadio tenía que vender casi todo el terreno que había heredado, y el de su mamá. No quería aceptar. Fue por tal razón que le mandó a decir, a los familiares de Nanita, que lo sacaran de la cárcel, que se iba a hacer cargo de ella, que no le importaba su problema físico. No sabía aquel hombre que vivimos en un mundo donde todo se resuelve con dinero, que las palabras tienen muy poco valor si no se avalan con monedas.

La familia de Nanita deseaba cercar el patio de su casa con una buena verja. Para hacerla, necesitaban doscientos mil pesos y no tenían esa cantidad de dinero. Ellos no querían desaprovechar la oportunidad de conseguir lo necesario para construirla. Le mandaron a decir a Arcadio que la querella no sería retirada.

Cuán poco tomaban aquellas personas en cuenta a Arcadio y a Nanita: si ellos se amaban, ¿por qué no los dejaron que se casaran y que fueran felices, mientras la circunstancias se los permitía?

Arcadio se hallaba entre la espada y la pared: o corría el riesgo de que su caso cayera en manos de los jueces y que le cantaran de veinte a treinta años de cárcel, como se lo había dicho el abogado, o reunía el dinero que le habían pedido.

Era tanto el terreno que Arcadio tendría que vender que solamente le quedaría parte del patio de la casa.

Aunque Nanita hizo que Arcadio se sintiera tan excitado como para llegar a hacerle el amor, sin medir riesgos ni consecuencias, seguía siendo una adolescente. Ella se dejaba llevar por su familia. Se veía sumamente triste: aunque era minusválida, también tenía derecho a sentir, como una persona común y corriente. Aquella muchacha se veía deprimida porque sentía grandes deseos de estar con un hombre, de aparearse.

La mamá de Arcadio vendió gran parte de la tierra que él tenía, y de la de ella, para poder sacarlo de la cárcel antes de que lo sometieran a un juicio. Desde ese día, mi papá se hallaba sumamente deprimido. Pensaba en cuan caro le salió aquel momento: sólo le había quedado la casa, la cocina, la letrina, y un patio tan pequeño que apenas se podía caminar en él; inmediatamente, le fue tirada una alambrada.

Carmela dejó de reclamarle a Arcadio por lo que hizo, y más al ver lo reducido que había quedado el patio de la casa de él.

Ese patio de la casa de Arcadio, que antes fue tan amplio, ahora se hallaba muy pequeño. Mi papá se veía sumamente triste, y más cuando recordaba que los Ramírez habían hecho una verja con el dinero que le quitaron.

Aquella depresión, por la que también estaba pasando Doña Ana, mi abuela paterna, era muy grande. Tal desaliento ayudaba a que su enfermedad progresara. Murió a los tres meses, luego de haber tenido que vender gran parte de su terreno.

Aquella vieja murió. Para Arcadio fue de buena suerte el que la tuviera metida en una logia. Aquella organización le cubrió gran parte de los gastos del velorio y de la vela, por tal razón: no se metió en deuda y no tuvo que vender la casa, con todo y terreno, para poder pagarla.

Unos días más para acá, de que muriera mi abuela paterna, Arcadio supo que Nanita se hallaba embarazada. Aquello fue una gran noticia que le produjo mucha alegría y emoción. Iba a tener un hijo, así: la familia de la muchacha le permitiría acercársele. Al continuar corriendo el tiempo, se dio cuenta de que no era como él pensaba.

Aquella familia cuidaba a Nanita más que antes: no le perdían ni pies ni pisadas. Ni por el diablo la dejaban quedarse sola en la casa o salir sin compañía.

Arcadio estaba desesperado: él sentía que su vida se le estaba convirtiendo en un infierno. La soledad lo estaba atormentando. De vez en cuando, merodeaba la casa de los Ramírez, tratando de entrar a ella. Cuando pasaba por frente a aquella vivienda, lo ignoraban de tal manera que era como si nadie fuera pasando. No ocurría así con Nanita, quien acechaba de adentro para afuera al verlo pasar. A ella le habían prohibido verlo.

Una tarde, tanto le creció a Arcadio el deseo de ver a mamá que se paró en la puerta de la verja… estando allí, empezó a llamarla:

—¡Nanita! ¡Nanita! ¡Quiero verte, Nanita!

Nanita salió a su encuentro, muy contenta. Detrás de ella iba su abuela, quien le echó mano por un brazo, diciéndole:

—Atrévete a abrirle la puerta a ese ratrero, que te voy a fajar a palo.

—¡Abuela, yo quiero etar con él! ¡déjeme verlo! —decía Nanita como si le suplicara— ¡Yo lo quiero!...

—¿Con ese tíguere, que se metió a eta casa y te jodió? uh, uh —le preguntó su abuela. Luego le ordenó, con una voz sumamente autoritaria, que se metiera a la casa. La muchacha obedeció.

Frente a la casa, y del otro lado de la verja, se hallaba Arcadio. Él miraba a la abuela de Nanita con odio y rencor, pero se contenía. A aquel lo invadían grandes impulsos de llegar hasta ella y fajarle a planazos, aun así: no lo hacía porque aquella era una mujer y, vieja. Decidió alejarse.

Tres meses antes, de que naciera quien ahora está escribiendo, Nanita enfermó. La llevaron a un hospital y allá le recetaron algunas medicinas. Lo cierto era que se iban como tres mil pesos y decidieron quitárselo a Arcadio.

Aquel mismo día, y en horas de la tarde, Fernando se dirigió a la casa de Arcadio. Lo encontró allá, pero fue mal recibido.

Fernando saludó con una sonrisa maliciosa. Arcadio se levantó bruscamente de su asiento, se dirigió al interior de su casa y de allí salió con un colín. El visitante se sintió tan asustado que cambió de color.

—Sálteme de eta casa ante' de que yo coja trenta año' de cárcel —le dijo Arcadio a Fernando, mientras amenazaba con volarle el pescuezo.

—Tú tiene que comprarle eta receta a Nanita —le respondió Fernando mientras se retiraba de él.

—Si me la mandan pa acá… se la compro.

—Tú se la va a tener que comprar: a ti nadie te mandó a preñarla.

—Yo sé que no debí preñarla; pero utede' me quitaron tresiento' mi' peso' por eso que hice y ni siquiera me dejan verla. ¿Utede' piensan que ella lo tiene de oro e'?

—Yo no sé; tú se la va a tener que comprar —voceó Fernando, mientras se alejaba.

—Yo no le voy a comprar na'.

Arcadio estaba viviendo solo en su casa. Su papá y su mamá habían fallecidos. Era un hombre algo ermitaño, de pocas palabras. Aunque no tenía una esposa que lo controlara, y unos padres a quienes cuidar, seguía estancado en su casa. Solamente salía si era para hacer alguna diligencia, para trabajar o para ver si se encontraba con Nanita.

Un mes más para acá, de mi nacimiento, a Arcadio le estaban mandando papelitos. Le decían que me reconociera, que debía registrarme, aun así: por nada del mundo querían que entrara a su casa. Para que él me viera debía esperar afuera. Mi abuela, o mi bisabuela, me sacaba cuando el cielo no estaba nublado para que yo no me fuera a enfermar.

Arcadio le mandó dinero a Nanita con fin de que comprara leche y algunas otras cosas para mí, pero no estaba a gusto con lo que ocurría.

Cumplía yo los cuatro meses de nacido cuando, los lugareños de aquí, hicieron un viajecito para la playa. Arcadio se metió en él: lo que le había ocurrido lo estaba atormentando y necesitaba distraerse, aunque fuera un poco. Allá se le estaban saliendo los ojos viendo a tantas mujeres casi desnudas. Algunas dejaban ver sus senos.

En aquella playa, Arcadio conoció a una vieja. Ella andaba como en los sesenta y cinco años. Era ciudadana americana y vino al país a pasarse una temporada. Tal señora había alquilado un apartamento, por algunos meses, en la capital.

Aquella ciudadana americana le propuso a Arcadio que se fuera a vivir con ella al apartamento. También le dijo que se podían casar pronto. Ella pensó en llevárselo para Los Estados Unidos.

Arcadio regresó de la playa y, rápidamente, empezó a buscar quien le comprara la casa, incluyendo el terreno. Muchas personas se preguntaban qué iba a ser de aquel hombre una vez que vendiera lo único que le quedaba.

La familia de Nanita sentía que mamá y yo nos habíamos convertidos en una carga para ellos. La mejor manera de salir de nosotros era si Arcadio nos llevaba a vivir para su casa. Aquello debía ocurrir antes de que él la vendiera. Fue por lo que Alejandrina lo visitó.

Cuando Arcadio vio a aquella mujer se sintió muy sorprendido y lo primero que le dijo fue:

—¡Bueno!... como que la pantera visita al gato.

—Vengo pa' decirte una cosa que te va a alegrar mucho.

—¡Ajá! ¿Y qué e' lo que tiene que decirme?

—Que, si tú quiere' traerte a Nanita pa acá, con el niño, puede' bucarla.

—¿Con to' lo que me han hecho quieren que yo me la traiga?

—¡Ajá!

—Po etá bien, yo voy a bucarla un día de eto.

Si Arcadio hubiera oído aquellas palabras, algunos días atrás, hubiera sido el hombre más feliz del planeta tierra. Ahora, en su pensamiento había otras ideas: irse a vivir con aquella vieja al apartamento de ella. Allí esperaría a que le hiciera viaje, como se lo había prometido.

Arcadio llevó a cabo la venta de la casa en forma clandestina: tenía miedo de que la familia de Nanita se enterara y le ocasionara problemas. Con el dinero que le pagaron se fue a vivir con la vieja aquella, que le cambió su mentalidad.

Cuando Arcadio se fue, también, lo hizo en forma clandestina.

Cuán dura ha sido mi vida: me crié teniendo una madre minusválida y a un papá que me dejó abandonado; y con un tío, una abuela y una bisabuela que son unos explotadores. Sentí en carne propia lo humillante que es la pobreza y más cuando tenemos que vivir por las limosnas que nos dan. Si vivimos bajo la cobija de otras personas, que nos mantienen, somos sus esclavos.

Sentí en mi cuerpo, y a muy temprana edad, el dolor del trabajo. Cuando todavía era un muchacho, tenía que tirarme una caja de helados al hombro: debía ir a venderlos a una escuela que me quedaba como a cuatro kilómetros. Era por un callejón. Cuando llovía, se hacía lodo y yo debía pasar a puro esfuerzo por donde hasta los caballos y los burros pasaban con dificultades.

En mi casa, me quitaban casi todo el dinero que yo ganaba. Lo que me dejaban no me alcanzaba para salir por ahí a dar una vuelta. Yo vestía con harapos, mientras que los demás usaban buenas vestimentas. Ellos ganaban dinero, pero no me daban ni un centavo.

Me crié lleno de soledad y amargura, en esta sociedad que me veía como estiércol por lo poco que yo valía para ella. Sé lo mal que una persona se siente ante el rechazo, cuando alguien que te conoce te pasa por el lado y no te saluda. Sé lo que es llorar al llegar los tiempos de pascuas, esos días tan festivos, y tú no tienes ropa ni dinero para salir a pasear con algunos amigos. Si eres como era yo, ni te miran.

En mi niñez y en mi adolescencia, yo era un muchacho tímido, de poco hablar. Tal vez era porque vivía con mi autoestima bajo. Cuando me enamoraba, se me hacía difícil manifestar mis sentimientos, solamente me llenaba de fantasía con la muchacha o la mujer que me gustaba. Quizás era que me había acomplejado por ser el hijo de una minusválida. En mis estudios, no era muy inteligente porque solamente llegué al primer bachillerato, y a puro esfuerzo.

Aunque mi apariencia no es horripilante, nunca he sido atractivo. Yo tengo el pelo engruñado. Mis estrechas mejillas, mis pómulos algo notables y mi frente alargada y con dos entradas: me dan una apariencia de tener un rostro alargado. Mi piel es de color indio, y mi estatura es mediana. Nunca he sido Obeso.

Muchas serán las personas que van a llorar por cuantas lágrimas yo he derramado en mi pasado. Como esas que derramé hace algún tiempo, cuando me enteré de que tenía esta maldita enfermedad, llamada sida.

Cuando yo empezaba a hacerme un hombrecito, empezaron a invadir a mis sentimientos: la ansiedad y la pasión. Nadie me quería. ¿Quién iba a querer a un pobre diablo, hijo de una minusválida? Aunque mis intensiones eran sumamente limpias y hermosas, ninguna mujer o muchacha se fijaba en mí.

Un día, cuando yo cumplí los veinte años, mi padrino hizo un gran negocio. Tan bien le fue que decidió darme tres mil pesos. Aquel fue uno de los dos o tres días más felices de mi vida: yo nunca había tenido tanto dinero junto. Me preguntaba qué iba a hacer con aquella fortuna: no se la iba a dar a mi familia. Se me ocurrió una gran idea: pasar la noche con una mujer. Me preguntaba dónde iba a encontrarla.

Empezaba a morir el día. En una hora anochecería.

Antes de que en mi casa trataran de quitarme todo el dinero, me puse la mejor ropa que tenía y salí a andar. En el camino, iba pensando dónde encontraría a una mujer que estuviera dispuesta a pasar la noche conmigo. Me recordé que la gente hablaba de "La Barra de Blanco", un lugar donde siempre había prostitutas. Ellas le servían como objeto sexual a cualquier hombre que le pagara por sus servicios. Decidí ir para allá a ver si conseguía una.

"La Barra de Blanco" era un bar repleto de prostitutas, donde los hombres iban a divertirse con ellas. Más para atrás, tenía una serie de habitaciones, cada una con su cama y su bañito, para que las parejas se reunieran allá, para tener relaciones sexuales.

"La Barra de Blanco" tenía un ambiente de mucha música y gozadera, y estaba repleta de féminas vestidas con ropa de muy poca tela. Ellas exhibían casi todos sus atributos para tratar de atraer más clientes. Ellas les hacían compañía a los hombres en las mesas y les ayudaban a tomar cervezas y ron, para que el dueño del bar tuviera una mejor venta. Si algún hombre quería acostarse con una de aquellas mujerzuelas debía pagar por sus servicios y llevarla para una de las habitaciones.

Cuando llegué, entré y tomé asiento en una silla, en torno a una mesa. Inmediatamente, se me acercó una de aquellas mujeres, ¡pero qué mujer! Con una voz muy coqueta, me preguntó:

—¿Te puedo hacer compañía, guapo?

—¡Sí, claro que sí! —le respondí con algo de timidez, mientras la recorría entera con la mirada.

Yo me hallaba algo tímido porque nunca había estado en un lugar como aquél, ya que él tenía un ambiente de mucha música y gozadera. Cada hombre se hallaba acompañado por una fémina. Había algunas parejas que estaban muy cerca, besándose de tal manera que parecían estar teniendo relaciones sexuales.

Había hombres que se hallaban tan ebrios que solamente levantaban sus cabezas para mirar, y abrían sus ojos con dificultad, luego volvían a recostarse sobre las mesas.

Las vestimentas, que aquellas mujeres llevaban puesta, eran de muy poca tela, así que dejaban gran parte de sus cuerpos al descubierto. Había muchas y todas estaban vestidas de una manera muy parecida a la que estaba a mi lado. Ella me tenía hechizado: nunca estuve tan cerca de una mujer y menos, tan frondosa.

Aquella prostituta y yo empezamos a hablar acerca del amor y de la vida. Con mis palabras, trataba de hacerle creer que sabía mucho de mujeres ¿y de qué sirvió si llegó un momento en que me besó?

Le respondí a su beso lleno de timidez. Cuán agradable sentí aquello: nunca me había besado con mujer alguna. Eso era algo que solamente veía en películas y en telenovelas. Ella se dio cuenta de que yo había andado muy poco por los caminos del placer. Me preguntó:

—¿Como cuánta' mujere' tú ha' tenido?

—Muchísima' —le respondí.

—Mentiroso, tú nunca ha' tenido relacione'. ¿Por qué quiere' hacerme creer que ere' un mujeriego, si en realidad no lo ere'?

Yo no le respondí y me quedé sumido en mi pensamiento.

Como son las cosas... aquella mujer me había dicho una gran verdad: yo nunca había tenido relaciones sexuales. Ella se dio cuenta por mi manera de besar, como era una experta en eso...

Aquella prostituta y yo teníamos alrededor de una hora bebiendo ron. Me hallaba medio embriagado y ella se veía igualita. Como era la primera vez que yo ingería bebida alcohólica, aquellos tragos me estaban haciendo un gran efecto y empecé a descontrolarme, aun así: continué bebiendo, aunque sorbos pequeños.

No sé cuándo la invité a que nos fuéramos juntos a la cama. Es tan poco lo que recuerdo de aquella noche: debió haber sido el tiempo más hermoso y placentero de mi vida; pero son muy pocas las imágenes, de todo lo ocurrido, que traigo en mi pensamiento.

Al día siguiente, yo iba camino a mi casa con los leves recuerdos de lo que había vivido aquella noche. Metí una de mis manos en el bolsillo donde llevaba mi cartera y la extraje. Qué gran sorpresa me llevé cuando la abrí y pude ver que no tenía ni un centavo. Eso no fue todo: los dos condones que había llevado, para cuando me acostara con alguna mujer, todavía los llevaba conmigo. ¡No los usé! En aquel momento, me sentí tan deprimido y preocupado que se me olvidó la resaca que tenía: me había acostado con una prostituta y, al parecer, no usé preservativos.

Desde el día en que me acosté con aquella mujerzuela, vivía tan preocupado que a veces ni comía. No era para menos por que el sida es una terrible enfermedad.

Un mes más para acá, ocurrió algo que me desvió la atención por algún tiempo e hizo que casi me olvidara por completo de aquello: apareció Arcadio. Andaba en una lujosísima *jeppeta* y era tan rico que hasta tenía un guardaespaldas y chofer.

Era mucho lo que él había cambiado durante aquellos veinte años.

Arcadio llegó hasta mi casa, pero no entró. Él mandó a un tiguerito para que llamara a Nanita.

Nanita se le acercó llena de timidez porque sentía que se hallaba ante un desconocido y, además: rico. Ella no lo estaba conociendo por el largo tiempo que tenía sin verlo, y por el gran cambio que su rostro había dado, porque en aquellos días, en que había vuelto, andaba en los ochenta años. Sólo sentía que había un gran parentesco entre aquél y el Arcadio que ella conoció antes.

Cuando el muchachito entró a la casa, para avisarle a Nanita que un viejo quería verla, yo estaba con ella.

Mamá salió y se le acercó, mientras que yo me senté en la galería para verlo.

Para aquel entonces, Arcadio era veinte años más viejo, o sea que andaba como en los ochenta. Muchas arrugas habían poblado su rostro. En su pelo, el color blanco le había ganado al negro.

Me asombraba el gran parentesco que había entre él y yo. Me preguntaba si aquel viejo era mi papá. Grandes dudas pasaban por mi pensamiento. Según me contaron, Arcadio era un pobre diablo: no podía ser que se hiciera tan rico en sólo veinte años.

Luego de que aquel viejo saludara a Nanita, le preguntó:

—¿Ya tú no me conoce', Nanita?

Nanita giró su cabeza de un lado para el otro, de esa manera le dijo que no.

—Yo soy Arcadio —le dijo aquel viejo, y abrió sus brazos para abrazarla.

Cuando Arcadio le dijo quién era, ella se sintió muy sorprendida. Yo, que lo había escuchado, también me sorprendí, aunque ya lo sospechaba.

Mi abuela se asomó para verlo y también se sintió muy sorprendida. La que no salió fue mi bisabuela porque ya había fallecido.

Ante mi papá, Nanita se hallaba sonrojada. Ella tenía mucho qué hablar con aquel viejo, pero no sabía por dónde empezar. Hubo un momento de silencio hasta que se volvió a escuchar la voz de Arcadio.

—Ese muchacho, que etá ahí, como que se parece a mí. ¿Ese e' mi hijo?

—¡Ajá! —le respondió Nanita llena de timidez.

Al oír aquello, Arcadio se dirigió a mí; pero yo me alejé de allí inmediatamente, yéndome por detrás de la casa, y hasta la verja me volé. Él me daba voces, pero yo no le hacía caso.

—¡Carlito! ¡Carlito!

Cuando él entró a mi casa, mi abuela sí lo recibió. Cómo no, si ahora era un hombre muy rico. Él la trató de lejitos, como si no la conociera.

Yo me preguntaba: ¿qué esperaba aquel viejo de mí si durante muchos años me mantuvo olvidado? Fue tanto el tiempo que pasé sin verlo y ¡cuánto lo necesité! Él no se recordaba de Nanita ni de mí. Ni una carta le envió, ni una llamada le hizo, ni un mensaje le mandó: durante todo aquel tiempo.

Luego de haberme ido, llegó a la casa Fernando y encontró a aquel viejo allí. Lo saludó muy cordialmente.

Mejor lo trató al darse cuenta de que se trataba de Arcadio. Cómo no… si ahora era muy rico.

Arcadio se fue de mi casa. No sentíase a gusto en aquel ambiente porque su mundo ya era otro y porqué lo invadían amargos recuerdos. En el pasado, aquellas personas lo trataron tan mal que le volvieron la vida una tempestad; pero todo aquello no justificaba el que nos mantuviera olvidados, a mi madre y a mí.

Cuando Arcadio estuvo en mi casa le dio una gran cantidad de dinero a Nanita, y también le dejó para que me diera a mí.

Luego de que Arcadio se fue de mi casa, yo regresé a ella. Nanita me contó lo que habían hablado. También me dijo que aquél volvería en la próxima semana y que tenía un gran deseo de hablar conmigo. Aunque yo estaba muy resentido con él, decidí encararlo. Sólo para decirle todo lo que se merecía.

Mi abuela y mi tío trataban de pintarme a aquel hombre como si fuera un santo: hasta se echaban la culpa de todo lo que había pasado. A Nanita y a mí nos estaban dando un trato de príncipes: ellos sentían que les había llegado la gallina de los huevos de oro y le tenían que preparar bien su nido, y debían alimentarla para que continuara poniendo.

Como son las cosas… las personas de este lugar me trataban como si yo les apestara, de lejitos. Cuando se enteraron de que el viejo, que estaba en mi casa, era mi papá, tenían un mejor trato para mí. Me saludaban muy sonrientes y hasta me tendían sus manos.

Una rubia me trataba de tal manera que huía si yo me le acercaba. Después que yo recibí aquel dinero, y que compré un buen vehículo, me saludaba de una manera tan atenta que hasta besos en las mejillas me daba.

Hasta con mi prima Rosana, que antes yo la enamoraba, me fue bien. Le gustaba un poquito y ella muchísimo a mí; pero su mamá no nos perdía ni pies ni pisadas, cuando yo iba a su casa. Esperaba para su hija algo mucho mejor que el pobre diablo que yo era.

Hasta con Rosana me fue bien porque, una noche, mi tía nos dejó a solas y se fue a acostar. Yo la estaba deseando muchísimo y tenía suerte de que ya no era tan tímido con el amor porque había subido a la cima del placer con una prostituta. En aquel momento, no estaba ebrio y por eso me protegí usando condones. Qué cosas tiene la vida… me estaba cuidando de lo que ya me había golpeado, aunque no lo sabía en aquel entonces.

Cuando Arcadio fue por allá, me dejó dicho con Nanita que lo esperara el domingo próximo porque tenía una gran necesidad de hablar conmigo. Él no dijo a qué hora iría. Las personas del vecindario sentían grandes deseos de verlo y estaban a la expectativa.

Cuando Arcadio llegó a mi casa, todo el patio se llenó de personas. Parecía un velorio. Todas querían saludarlo y ver cómo era él luego de aquellos veinte años que habían pasado.

Dentro de mi casa, y en el patio, había tantas personas que no se podía caminar entre ellas. ...No dejaban a Arcadio solo ni un momento. Lo escoltaban en cada movimiento que él hacía, dentro y fuera de aquella vivienda. Cuán bien le habló todo el mundo de mí. Lo mal que siempre me trataron... eso nunca se lo dijeron.

Para poder hablar conmigo, Arcadio me tomó de un brazo y me hizo montar en su *jeppeta*. Allí encendió el acondicionador de aire porque todos los cristales estaban subidos, además: hacía un gran calor.

—Carlito —me dijo— yo no tuve la culpa de lo que pasó: la familia de tu mamá me obligó a abandonarlo', a ti y a ella.

—¿Y qué uté eperaba de mí? ¿Acaso que yo lo recibiera con lo' brazo' abierto'? Bien se sabe que no se imagina lo dura que ha sido mi vida y la' tanta' vece' que quise tenerlo cerca. Ni siquiera una carta me mandó en eto' veinte año' que han pasado'.

—Yo no sentía rencor por ti ni por Nanita, sólo por tu abuela, tu bisabuela y tu tío. Tú no sabe' lo mucho que tu mamá y tú me hicieron falta, cuando yo me fui de ete sitio.

—Creo que pa' hablar ya etá bueno —le dije mientras abrí una de las puertas de la *jeppeta*. Iba a salir, pero él me detuvo y me dijo:

—Carlito, no sienta' rencor por mí... Pídeme lo que quiera', que yo te lo daré en seguida.

—Luego de veinte año', quiere comprar mi cariño. Eso no e' algo que uno vende, e' algo que se siente y yo por uté no lo etoy sintiendo. De su persona no quiero ni la hora, ni la hora quiero que me dé. —Al decir todo aquello, me bajé rápidamente de la *jeppeta* y me alejé de él y de mi casa.

En la noche, volví allá y supe que él le había dejado otra buena cantidad de dinero a Nanita. Ella me ofreció una parte, pero no la acepté. Yo alegaba que de aquel viejo no quería nada.

Al pasar los días, el pensar que yo podía tener sida, por haberme acostado con aquella prostituta sin protegerme, estaba atormentándome. Fue por tal razón que decidí coger cinco mil pesos, del dinero que Arcadio le había dejado a Nanita, para ir a hacerme un análisis de sida.

Con aquel dinero, fui a la capital y llegué a una clínica de alto renombre. Allí, tomaron una muestra de mi sangre y me dijeron que volviera al día siguiente.

Al llegar el otro día, volví a la clínica. Andaba algo nervioso y todo por la gran preocupación que tenía.

La encargada del laboratorio me entregó el resultado del análisis. En su rostro, pude ver que me tenía malas noticias. Llena de lástima, me dijo:

—Lo siento mucho, jovencito, eres portador sano del sida.

Al oír aquellas palabras, sentí que se me había desprendido el alma. No era para menos: una señora acababa de informarme que yo era portador de aquel maldito virus. Sin decir nada, le arrebaté los resultados a aquella doña y salí de allí.

Yo caminaba por las calles como si fuera una momia. Mis pisadas eran torpes y la mirada parecía llegar hasta el final del mundo. De mis ojos llovían lágrimas y de mi boca salían tristes gemidos. Por donde yo pasaba, la gente me miraba llena de curiosidad.

Yo andaba por las calles tan sumido en mi pensamiento que parecía un cuerpo sin alma. Deseaba que un vehículo me atropellara, aunque a ninguno me le ponía en frente.

En horas de la tarde, llegué a mi casa. Mi tío me miró lleno de curiosidad y me preguntó lo que me estaba pasando. Le respondí que nada. En ningún momento le dije que yo era portador del sida, que por eso me hallaba de tal manera.

El tiempo seguía avanzando. En mi pensamiento crecía un gran rencor por todo el mundo. Sentía que cada persona era culpable de que yo hubiera adquirido el sida. Mi deseo era poner una bomba en el centro de la tierra, tan grande que la pudiera reventar enterita. Tenía suerte la humanidad de que yo no tuviera la fuerza económica, o el desarrollo tecnológico, para lograr aquello o algo parecido. Ni siquiera esta república puedo explotar. Lo que decidí hacer fue destruir un pedacito de la humanidad: a cuanta mujer encontrara a mi paso iba a seducirla para ver si lograba transmitirle esta maldita enfermedad.

Mi obsesión no me estaba dando resultado porque yo era un pobre diablo. Fue cuando se me ocurrió una gran idea: pedirle una buena cantidad de dinero a Arcadio. Como él me había dicho que le pidiera lo que yo quisiera...

Yo estaba resentido con Arcadio: había decidido no aceptar ningún regalo de su parte. Cuando uno contrae sida pierde todo su orgullo. Cualquier limosnero, que tenga buena salud, está mejor. Decidí quitarle dinero a mi papá.

Esta maldita enfermedad me vino a fastidiar mi vida, cuando mejor me podía ir, ya que Arcadio y yo íbamos a ser amigos.

Cuando Arcadio volvió por aquí lo hizo con su nueva esposa: una rubia más linda que el diablo. Hasta me gustó. Su pelo era sumamente suave y amarillento. Su piel tenía el color de la leche. Si hubiera tenido el blanco que llevan algunas de las mujeres de mi tierra y no el de las americanas, que trata de ser rojo, mucho más hermosa me la hubiera encontrado. Ella andaba como en los cincuenta y cinco años.

Qué suerte había tenido Arcadio en estos últimos veinte años: se alejó de este vecindario siendo un pobre diablo, se casó con una vieja y volvió muy rico, y ahora tiene una mujer más joven que la otra.

Al volver Arcadio, a aquella casa, mis familiares lo trataron con la mayor cordialidad posible, como ahora era un hombre muy rico… Yo también le mostré una gran amistad, como si no sintiera rencor por él.

En la tardecita, él ya se iba. Como se había puesto a mis órdenes, le pedí un millón de pesos. Él me dijo:

—No te preocupe' que, como tú ere' un gran muchacho y mi único hijo, te voy a dar do' millone'.

Cuando escuché aquello, me dije: "Ya sí que muchas mujeres van a recibir en su cuerpo este maldito virus, llamado sida".

Él me dijo que fuera al banco a abrir una cuenta de ahorros: el dinero que me daría lo iba a depositar en ella. Así lo hice.

En dos o tres días, yo había recibido los dos millones de pesos. Lo primero que hice fue comprar un vehículo lujosísimo; me costó quinientos mil. Dejé la parte restante ahorrada en el banco para comprar gasolina, vestimentas de lujos y prendas, alquilar una casa y gastar en mujeres: entre lujos y encantos, le iba a ofrecer la muerte.

Cuán bien me trataba la gente después de yo haber recibido aquel dinero...

Cerca de esta casa, vive una mujer... ¡pero qué mujer! La gente la llama La Mulatona.

Cuando yo no había adquirido sida, y el deseo más me empujaba al placer, ella me parecía más hermosa. Cuántas fantasías se generaron en mi pensamiento por culpa de La Mulatona... En varias ocasiones se lo dije, pero ni asunto me ponía. Después que recibí aquel dinero, y qué compré un buen vehículo, me trató tan bien que hasta a la cama se fue conmigo, por varias ocasiones.

Cuán fácil me fue transmitirle el virus del sida a aquella mujer: ella ni siquiera me pidió que me protegiera. Era que a mí nunca se me había conocido mujeres, además: ella tomaba pastilla para evitar el embarazo. Me sentí bien al saber que le transmití aquel virus a La Mulatona. Que siga ahí… Cuando yo más la deseé, fue de todo el mundo menos mía.

Todavía La Mulatona está viva; pero le debe quedar poco tiempo para que la lleven al cementerio: su cuerpo está poblado por el virus del sida, este maldito virus que vence para morir. Es como la pobre abeja: cuando ataca, muere derrotada.

En lo que yo fui detrás de aquella fulana, también anduve con muchas otras y sostuve relaciones con ellas, sin protegerme; pero me surgió un problema: algunas me exigían el uso de preservativos. Yo insistía en no usarlo, pero ellas me decían que sí.

Por allí abajo, también vive Casimiro. Es un hombre muy inteligente; pero capaz de venderle su alma al diablo por dinero. Decidí acercarme a él para que me diera su consejo de qué debía hacer al respeto. Fue en horas de la mañana.

Cuando entré a su casa, hecha de madera, tablas de palma y techada con zinc, lo saludé. Él me respondió al saludo con mucha cordialidad. Me mandó a entrar y me invitó a tomar asiento.

En aquellos días, igual que todas las personas de este vecindario, tenía para mí todas las atenciones del mundo. Su esposa también salió a recibirme y a ponerme atención, pero yo quería hablar a solas con Casimiro. Fue por lo que decidí pedirle que fuéramos al patio para conversar una cosa. Sendos tomamos una silla y salimos. Nos sentamos debajo de un árbol de laurel que tenía un follaje parecido a una sombrilla, él nos cubría del sol.

—Yo —le dije— deseo pedirte un consejo. Primero te confesaré una cosa; pero quiero que me asegure' que no se la dirá' a nadie.

—Caramba, Carlito, —me dijo— aquí la cosa no anda muy bien que digamo'. Si tú me moja' la' mano' con algo, yo te aseguro que guardaré muy bien tu secreto y hasta grande' consejo' te daré.

—Yo te voy a dar quince mil peso' ahora y todo' lo' mese', diez mil.

—Ya veo que contigo e' bueno negociar. Cuéntame el secreto que tiene' y dime en base a qué quiere' que te aconseje, y no te preocupe' que ni con mi mujer voy a hablar lo que etamo' conversando.

En aquel momento, le confesé que yo era portador sano del sida. Él se sintió muy sorprendido y hasta se engranujó, aunque no creía mucho en lo que le había dicho. Luego sí aceptó que le decía la verdad al ver como mis ojos se tornaron húmedos. Hasta él se puso triste.

Yo le confesé que mi único afán era enfermar mujeres; pero algunas me exigían el uso de un preservativo por cada relación. Si me protegía... no podía enfermarlas.

A mí me habían dicho que aquel hombre era inteligente, pero nunca creí que lo fuera tanto: inmediatamente, me dio un consejo. Me dijo:

—Retira de su envoltura cada condón que tú vaya' a usar. En la punta, dale una pequeña cortadita. Ponlo de nuevo en el sobre, el cual debe pegar con un buen pegamento o le pone una cinta tranparente, así: cuando tú lo saque', otra vez, la mujer no se dará cuenta de que etá roto, creerá que e' nuevecito. Cuando eté haciendo el amor, el protector continuará abriendo hata que tu parte quede casi denuda.

Cuán bien me pareció todo lo que aquel hombre me dijo. En ese preciso momento, también acordamos que le iba a comprar un celular, así: me comunicaría con él para que fuera anotando a todas las mujeres que yo considerara haber enfermado. También tenía que decirme cómo iba la suma y el incremento, según las probabilidades.

Aquel era un hombre lleno de codicia: al momento de aconsejarme, ni siquiera le importó a cuántas mujeres yo iba a enfermar.

Aquel era un hombre que hacía grandes alardes acerca de su esposa: decía que era la mujer más seria de la bolita del mundo. Yo iba a ver si tenía razón.

Yo sentía que una mujer, lavando un montón de ropa cada dos o tres días, que debía cocinar, planchar, atender a sus dos niños, limpiar la casa y barrer el gran patio de su vivienda: debía tener un precio para su seriedad y no debía ser muy alto.

Unos meses más para acá, yo había enfermado a muchas mujeres. Creo que, cuando empiecen a morir las personas que he contagiado del sida, los entierros tendrán que hacer filas en el cementerio. En mi pueblo, superarán tan poco los vivos a los muertos que los ataúdes se cargarán todos en vehículos.

Yo sentía rencor por Arcadio: me abandonó cuando era un bebé. Él tenía que sentir en carne propia lo que es ser portador del virus del sida. Fue por lo que decidí transmitírselo a su esposa. Supe que ella estaba viviendo en la capital.

También supe que Arcadio no estaba viviendo con ella. Él estaba en Los Estados Unidos, así que aquel era el mejor momento para yo hacerle una cordial y afectuosa visita a mi hermosa madrastra.

Al día siguiente, muy de mañana, salí para Santo Domingo en mi lujoso vehículo. En el camino, pensaba cómo iba a enamorar a aquella mujer.

Eran ya las diez de la mañana cuando llegué a la casa de Arcadio, a la que tiene en Santo Domingo ya que en Santiago tiene otra. Como si la gasolina tratara de atraer al fuego, la encontré en el jardín. Ella estaba vestida con un pantaloncito corto y una blusa de escasa tela. En su barriga, con el color de la nieve, se apreciaba su ombligo. ¡Qué cosa más excitante!

Cuando aquella mujer me vio salió a mi encuentro. Ella me saludó con un fuerte abrazo. Me invitó a pasar a la sala y a tomar asiento.

—¿Y qué te trae por aquí? —me preguntó.

—Vine a pasarme do' ó tre' día'. Si no hay inconveniente, claro etá.

—¡Claro que no hay inconveniente! Ahorita le diré a Minerva que prepare el cuarto de huéspedes.

Pasaron dos días y yo no le había dicho nada a mi hermosa madrastra.

A las doce de la noche, escuché un leve ruido en el patio y abrí una persiana para ver si era algún ladrón.

Bajo la pálida luz de la luna, pude ver a mi hermosa madrastra volándose la verja para llegar a una de las casas vecinas.

Al día siguiente, quise averiguar quiénes residían en aquella casa. Supe que los dueños no vivían en ella: quien residía en aquélla era un hombre que la cuidaba.

Mi madrastra se levantaba como a las once de la mañana y cómo no… si estaba viviendo como las lechuzas.

Cuando salió de su aposento, casi a las doce del mediodía, aproveché que ella estuviera lejos de la sirvienta para acercármele y hablarle seriamente.

—¡Ajo! —le dije— tú vive' bien, casada con un viejo que te brinda toda' la' comodidade' del mundo, y embullándote con un vecino.

—¡Eso es mentira! —me respondió algo nerviosa y sonrojada.

—¿Mentira, dice'? ¿y a quién fue que yo vi anoche, volándose aquella verja pa' llegar a la otra casa?

—Si viniste a acecharme, más te vale que recoja tu ropa y que te vaya de esta casa.

—Yo me iría' hoy; pero tú te iría mañana, cuando yo llame a Arcadio y le cuente lo que he visto.

Al decirle aquello, ya me iba a recoger mi ropa. Ella corrió detrás de mí y me detuvo.

—¡Espera! Quiero pedirte que no se lo digas a tu papá, por favor: él me está haciendo la residencia y no quisiera que vaya a suspendérmela.

—Eso de ti depende: si tú me da' lo mimo que le da al vecino, yo no diré lo que he visto, ni a Arcadio ni a cualquier otra persona.

—¿Pero es que acaso tú no tienes dignidad? ¡Yo soy la mujer de tu papá!

—¿Acaso tú la tiene'? —le pregunté. Ella se quedó callada, y le dije: —Ante' de irte a la casa vecina, entra' a mi cuarto.

Luego de aquella conversación, me pasé una semana en la casa de mi papá. Todas las noches, yo duraba un buen rato con la mujer de Arcadio. Ella ni siquiera me pedía que me protegiera: si yo la embarazaba, el bebé se parecería a mí y yo me parecía a mi papá. Él no dudaría que aquella criatura era su hijo y, como venía pronto...

Al salir de la capital, inmediatamente, me comuniqué con mi amigo Casimiro para que me anotara a aquella mujer, más otras veinte con las cuales yo había tenido relaciones sexuales allá, en Santo Domingo. También le dije que me dejara una línea en blanco para que luego me anotara a una mujer que me estaba por conseguir.

Cuando era un pobre diablo, yo vivía enamorado de mi otra prima, Mónica. Mi tía no lo permitía. Ella no me perdía ni pies ni pisadas, cuando yo iba a su casa. Decía que su hija y yo no podíamos tener una relación pasional porque éramos primos. Sé que no era aquella la verdadera razón por la cual no me permitía recoger a su hija.

Me dolía tanto cuando llegaba un ricachón a su casa y ella lo dejaba a solas con su hija... Hasta permitía que la sacaran a pasear.

Ahora, que yo soy un hombre rico, sí la deja a solas conmigo. No era detrás de su hija que yo andaba sino de ella. No porque me gustara, era sólo por lo mal que me trataba antes.

Yo quería transmitirle el sida a la mujer aquella; pero veía tan difícil que sostuviera relaciones sexuales con ella: por un lado, se trataba de mi tía y por el otro, era más fea que una cacata.

Yo vivía tratando de transmitirle el sida a todo el mundo y más a aquella mujer que, de una forma u otra, me había hecho sentir tan mal en el pasado.

Por no saber qué hacer, ante aquella situación, decidí hablar con Casimiro. Él, inmediatamente, supo qué decirme.

Me dijo que aprovechara un momento en que ella estuviera sola y le diera un fuerte somnífero en café o en algún jugo. También me dijo que, una vez que aquélla estuviera durmiendo, usara una jeringuilla y extrajera de mi sangre para inyectársela. Así lo hice.

Casimiro alardeaba demasiado que su esposa era la mujer más seria de la bolita del mundo. Decidí averiguarlo. Una mañana, lo llamé a su celular para ver si él estaba en su casa y me respondió que no. Así que decidí salir para allá.

Cuando entré a su vivienda, encontré a Sandra entre la cocina y la casa. Ella se hallaba aplastada, lavando un montón de ropa. Yo me le paré en frente y la saludé. Secó sus manos con una de las prendas de vestir que tenía a su lado, que se hallaba sucia y seca. Se incorporó y me respondió al saludo.

—Sandra —le dije— yo etoy loco por encontrar a una mujer que me haga sentir de verdad.

—¡Ah! pero eso sí e' fácil pa' ti: anda montado.

—Pero la mujer que a mí siempre me ha gutado ere' tú.

—Creo que te equivocate conmigo: ¿no ve' que soy una mujer casada?

—Pero tú pudiera' darme amore' aunque sea econdido y, si tu marido se da cuenta, te puede' ir a vivir conmigo.

Aquella mujer se volvió a sentar y continuó lavando la ropa sin decir nada. Yo me le acerqué más y me incliné para acariciarle su hermoso pelo. Una señora que se deja poner las manos de un hombre, que la está enamorando, es alguien que fácilmente puede irse a la cama con él. La besé y ella me respondió. Luego se sintió arrepentida.

Pensé que iba muy rápido, por lo que decidí ir más despacio. Yo sabía que ella estaba loca por tener una pasola. Le dejé veinticinco mil pesos para que la comprara y le pedí que no le dijera nada a su marido acerca del dinero que le había dado.

Como a los tres días, volví a llamar a Casimiro para ver si se hallaba en su casa. Él me respondió que no, así que decidí ir para allá de nuevo. Aquella vez, encontré a Sandra con una faldita extremadamente corta. Me estaba muriendo por tenerla. Sin decirle para qué, le pedí que entrara a su aposento y que se quitara la ropa interior. Ella aceptó.

Sandra volvió a la sala, que era donde yo estaba. Allí la agarré con toda la ansiedad del mundo. Aquel mismo día, me pidió que la mudara. Yo le dije que debía esperar algunos meses…

Aquella mujer estaba ansiosa por comprar una pasola; pero no había podido usar el dinero que le dejé: era que le iba a tener que explicar a su marido de dónde lo sacó. Yo le dije:

—Ve al pueblo y, a tu regreso, lo echa en una funda. Luego di que te lo encontrate en el camino. Lo hizo.

Aquella mujer compró la pasola. De ahí para acá, nos dimos la gran vida porque nos reuníamos lejos de su casa. Me desencanté de ella como al mes: debía sacar más tiempo para capturar a otras.

Transcurridos seis meses, luego de yo haber terminado con Sandra, decidí llamar a Casimiro.

—Te llamo pa' que me anote a la mujer pa' la cual dejate una línia en blanco.

—¡Uhjú! ¿y cómo se llama ella?

—Sandra De La Cruz.

—¡Diablo! tiene el mimo nombre y apellido que mi mujer.

—Sí. E' ella.

—¡No! ¡Dime que eso e' mentira, que no e' verdad! ¡Maldito sea, Carlito, te voy a matar!

—Yo lo lamento, pero e' la verdad. Ve' cómo son la' cosa': tú pensando que ella era la mujer má' seria del mundo y mira... me lo dio.

—¡Maldito sea, Carlito! ¡Maldito sea! Ahora mimo salgo a bucarte pa' matarte.

Aquel hombre no era estúpido: él fue a su casa y le dio tremenda paliza a su esposa, pero a nadie le dijo el por qué lo había hecho. Al parecer no quería que aquello se supiera.

—No te apure —le dijo cuando terminó de golpearla e insultarla— que lo tuyo viene al igual que lo mío.

Sandra se hallaba en su aposento, llorando amargamente. Ella no entendía lo que su marido le había querido decir con aquellas últimas palabras, ni las verdaderas razones por las que la había golpeado. Casimiro le dijo tantas groserías que hasta perra la llamó.

Casimiro andaba buscándome para matarme, pero no me encontraba: yo hacía todo lo posible para que no diera conmigo. No le tenía miedo a él o a la muerte, era sólo porque no quería que aquél fuera a la cárcel…

El sida no me deja andar mucho en el medio: una diarrea me está matando. Ya hasta tengo que usar *pampers*. Es por tal razón que estoy viviendo solo. No quiero que me vean en esta situación tan precaria.

He decidido dejarle la mitad de mis bienes a Casimiro para que siga por este camino por el cual pronto la muerte no me permitirá continuar. La otra, se la dejaré a mamá.

Hablaré con un abogado para hacer el testamento. En el mismo especificaré que mis bienes les serán entregados a Casimiro y a mi madre, a la mayor brevedad posible, luego de mi muerte. Al hombre quiero que el jurista le haga llegar una carta que he escrito.

La carta dice:

Casimiro, me hubiera gustado que tú me mataras, para terminar pronto con este calvario, pero no me puse en tu camino. Yo no quiero que tú vayas a la cárcel: deseo que tomes posesión de la mitad de mis bienes para que continúes por este camino por el cual no podré seguir.

Quiero que sientas rencor por cuantas mujeres existan en el mundo. Mira lo que te hizo la tuya, esa que tú creías la más seria del mundo…

Termina la carta.

Siento que la hora de mi partida está cerca: pronto tendré que dejar este mundo. Ya no tengo ánimo para salir de esta casa. El sida terminará conmigo. La suerte que me quedan unas cuantas hojas, y algo de ánimo, para escribir lo que le pasó o le hicieron al pobre César, el hijo de Doña Tata.

MALDITO SIDA
SEGUNDA PARTE

Pronto la muerte ya no me esperará más. Me llevará de este mundo, aunque yo sienta que no es el momento: eso ocurrirá cuando termine de escribir lo que pasó con mi amigo César. Digamos que éramos conocidos.

César era el más viejo de tres hermanos. También, el más humilde, culto y sincero. Con frecuencia iba a la iglesia a oír la misa. Él se encontró con la fatalidad sin andarla buscando.

Aquel hombre andaba en los treinta años cuando estaba próxima la celebración de su boda. Era el más viejo de los hermanos Méndez. De ahí para abajo estaba Danilo: un hombre de cuerpo musculoso que trabajaba en una carnicería. Luego, Diego y, por último, el que murió en los Estados Unidos, Felucho, quien también era frondoso y corpulento.

César era de piel trigueña, alto y fuerte. Su pelo era bueno y ondulado, lo mantenía medio recortado. Su nariz, sus mejillas y sus labios: eran algo recogidos. Sus ojos, de color verde, no se hallaban tan profundos debajo de sus cejas. Las mujeres decían que era atractivo.

El papá y la mamá de César andaban como en los cincuenta años. Aquellas eran dos personas que vivían muy unidas.

César tenía un gran amigo llamado Darling. Se trataban como si fueran dos hermanos, aunque uno de ellos parecía ser un Caín. También tenía una novia, llamada Amelia, que andaba en los veinte años. Aquella mujer era muy hermosa. Ella tenía su piel con el color de la canela. Su pelo, tan negro como una noche bajo un eclipse, le caía en forma de catarata sobre sus hombros. Sus almendrados ojos, marrones, reflejaban la mirada más tierna del mundo.

Darling amaba a la novia de su amigo; pero solamente la disfrutaba con su mirada, aun así: soñaba con que aquella mujer sería para él. Era el único hijo de una familia medio rica. Siempre andaba en una camioneta roja que le regaló su papá. Era su costumbre andar con una pistola enganchada en su cintura.

En cierta época, Darling duró como diez años tomando ron a todo dar y usando otros tipos de vicios. Varias veces tuvieron que llevarlo a una clínica, intoxicado.

Una vez, Darling duró como un mes loco, a consecuencia de la tanta bebida alcohólica que había ingerido y de los otros vicios. Él fue internado en un centro de rehabilitación y logró recuperarse. Fue cuando tuvo que dejar de tomar ron en exceso, y de usar otros vicios, o se le iba a dañar el cerebro definitivamente.

Un día, César y Darling se encontraron en una cafetería y se tomaron unas cuantas cervezas. Allá tuvieron una larga conversación. Veamos lo más importante:

—Oye, Darling, ¿en el hopital de Salcedo hacen la prueba del sida?

—Sí. ¿E' que tú piensa' hacerte dicha prueba?

—Considero que, en una pareja que se va a casar, cada persona debe hacerse ese análisi'.

—¿Tú cree' que tiene' sida?

—Yo no sé; pero, hace poco, fui a la capital a pasarme una semana donde una tía mía, la mamá de Leticia, y salí a pasiar con un hijo de aquella doña: fue cuando tuve relaciones con una mujerzuela. Como me embriagué… no me protegí.

—¿Cuándo piensa' hacerte la prueba?

—Iré mañana.

Al día siguiente, Darling llamó a un amigo suyo que trabajaba en el hospital de Salcedo, expidiendo los resultados de los análisis.

—José, hoy va pa' allá un amigo mío a hacerse la prueba del sida. En caso de que salga negativo, quiero que me haga el favor de sabotiarle el resultado y de ponerlo positivo.

—¡Pero, Darling, yo no puedo hacer eso! ¡Perdería mi trabajo y hasta me mandarían a la cárcel, si se descubre!

—José, me dijeron que tú etá por irte pa' Los Estados Unidos…

—¡Ajá!… Inclusive me propusieron un viaje muy bueno. Lo malo es que me sale por medio millón de pesos y yo nada más tengo trescientos cincuenta mil.

—Si tú me hace' lo que yo quiero, te conseguiré la parte de dinero que te falta.

Aquel hombre aceptó la propuesta que su amigo le hizo. Tomó el nombre y el apellido de César y lo anotó en un papelito.

Una hora después, César se presentó en el laboratorio de aquel hospital a hacerse la prueba del sida. Tomaron una muestra de su sangre y le dijeron que volviera al día siguiente.

Hacía mucho más de un año que el hermano menor de César, Felucho, también hizo gestiones para irse a vivir a Los Estados Unidos. Como el viaje parecía ser seguro, la mamá hipotecó la casa en que vivía. Aquel negocio, ella y su esposo lo hicieron con Julián, el papá de Amelia. Ellos pretendían pagarle todo en un año.

Felucho se fue para Los Estados Unidos. Allá hizo lo que no hacía aquí: parrandear.

A los tres meses, Felucho se vio envuelto en una tremenda riña con un hombre que andaba drogado y armado. De allá lo enviaron embalsamado, tan rígido como una roca.

La familia de César tuvo que coger más dinero prestado, para la traída del cadáver, para el entierro y para la vela. Tal parecía que la fatalidad se había metido en aquella casa.

Al llegar el día en que César tenía que ir a buscar el resultado de su análisis, fue a buscarlo en horas de la mañana, era el mismo día que se iba a casar. Al ver que era portador sano, se agregó a una pared, como para no dejarse caer. Allí duró algunos segundos y luego se marchó, igual que quien va ebrio.

Cuando llegó a su casa, quienes lo vieron se sintieron algo sorprendidos: él había dicho que iba para un salón de belleza a acicalarse a fin de lucir mejor en su boda, pero se veía igual que antes. No se había arreglado el pelo, además: lucía triste y pensativo. Aquella no era la expresión de un hombre que se iba a casar, en algunas horas, con la mujer que amaba.

César hacía un gran esfuerzo para que nadie notara la depresión que sentía. Él se metió a su aposento y allí ocultó el resultado de su análisis. Luego se fue a andar sin rumbo por los conucos y cacaotales próximos. Para allá se pasó todo el resto de la mañana y parte de la tarde.

Cuando César estuvo de regreso, como a las cuatro, entró a la sala de su vivienda, sacó una silla y la acomodó en la pared trasera. Sentose y agachó su rostro. Miraba para abajo. Parecía estar viendo el otro lado del planeta tierra. Terminó lagrimeando.

La boda empezaba a las seis de la tarde.

El pensamiento de César se había tornado negro: pensaba en el infierno que sería su vida desde aquel momento. Tantas ilusiones que se había hecho para el futuro y ahora tenía que verlas arruinadas. Gruesas gotas de lágrimas se deslizaban suavemente por sus mejillas. Gemía. Se limpió bien el rostro e hizo un gran esfuerzo para que nadie fuera a notar que había llorado. Se levantó de la silla y volvió a la sala y se acomodó en un asiento, aunque distanciado de los demás.

Dentro de la casa, todos murmuraban el estado de ánimo en que se hallaba César. Fue por aquella razón que su mamá se le acercó.

—César, ¿qué te pasa?

—No me pasa nada, mamá.

—Pero ahorita será tu boda y miren como etá': trite y desarreglado.

—César —le dijo Danilo, quien también se le acercó— todavía hay tiempo de que vaya' a un salón de belleza o a una barbería. Camina pa' llevarte.

Al oír aquello, César se retiró diciendo:

—Iré yo solo.

En la casa de Los Méndez, todos se hallaban intrigados por la conducta que César presentaba: en unas cuantas horas, se iba a casar con la mujer que amaba y no se veía feliz. Aunque tampoco se hallaba tan desesperado como estaba yo, cuando me dijeron que tenía sida.

En la casa de Amelia, había mucho movimiento previa preparación de la boda.

Cuando llegó la hora para la cual fue fijado el casamiento, César no aparecía. Sus hermanos, su mamá y su papá: se hallaban sumamente intrigados y preocupados. Como él dijo que iría al salón de belleza, lo buscaron en todos los salones y en las barberías del pueblo, y no lo encontraron, fue cuando decidieron irse primero.

Al llegar la familia de César, a la casa de Amelia, presentaron una excusa. Hasta dijeron que aquél no tardaría ni media hora en llegar. Todas las personas se hallaban en espera.

Transcurridos cuarenta y cinco minutos, llegó César a la casa de su novia. Todo el mundo lo miraba en forma interrogativa. Su vestimenta no era la de alguien que se iba a casar y su pelo se hallaba todo alborotado, además: lucía triste.

—César… ¿acaso e' así como te piensa' casar con mi hija? —le preguntó Julián al momento de acercársele.

—He venido a decirle que no me pienso casar con Amelia.

—Con que te quiere' burlar de mi hija, ¿¡eh!? Piensa bien en lo que etá por hacer, César, eto te puede salí muy caro. —Haló por su pistola. Dos jóvenes, hijos de aquel viejo, que se hallaban cerca de él, lo sujetaron fuertemente y no le dieron tiempo a sobarla y usarla.

La novia se dio cuenta del lío y de las razones del mismo. Ella, sin poder soportar la vergüenza, se fue a su aposento y se dejó caer en su cama. Sus mejores amigas la siguieron hasta allá para consolarla.

La mamá, el papá y los dos hermanos de César: se dieron cuenta de lo que estaba pasando y decidieron sacarlo de allí, lo más pronto que le fuera posible.

Amelia duró algunos meses que no salía de su casa. Cuando lo hizo, se hallaba tan delgada que parecía tener esta maldita enfermedad que tengo yo. Se notaba una profunda tristeza en sus ojos. La suspensión de la boda le quitó su simpatía porque solamente hablaba si era obligada a hacerlo. Ya ni siquiera sonreía.

Darling la visitaba y la enamoraba; pero se veía muy difícil el que ella se enamorara de él, tanto como exprimir una roca y sacarle jugo de naranja, aun así: no dejaba de tratar de conquistarla.

Los amores entre César y Amelia habían terminados, pero seguían amándose. Era por aquella razón que ella, casi todas las tardes, tomaba asiento frente a su casa para coger fresco debajo de un árbol, y él pasaba por el frente de aquella vivienda. Solamente se miraban y con aquella mirada parecían alimentar sus sentimientos.

En la misma casa en que vivía César, también vivía una mujer llamada Leticia. Era muy hermosa, pero los años le venían robando sus encantos. Ella y él eran primo y prima, entre sí. Ella lo amaba; pero él la veía como a una hermana porque se habían criados juntos.

Leticia viajó a la capital, a la casa de su verdadera madre. Allá se encontró con su hermano, que era medio atigueriado. Aquella mujer le contó por qué ya iba para jamona: amaba a su primo César y él nunca se había fijado en ella.

El hermano de Leticia le pasó una especie de droga. Le dijo que se la diera a tomar a César, sin que él se diera cuenta, momento antes de que se fuera a la cama. También le recomendó que lo acompañara aquella noche para que lo disfrutara, aunque él no tuviera pleno conocimiento de lo que estaba haciendo.

Aquella mujer volvió a la casa de su tía. Ella estaba dispuesta a hacer todo lo que su hermano le había dicho, pero sentía miedo, aun así: amaba con locura a César y el deseo de tenerlo la estaba dominando. Era que ya se le habían ido treinta y cinco años y aún no sabía lo hermoso que es subir a la cima de la pasión con alguien, y más con una persona a la cual se ama. Al fin y al cabo, se armó de valor y drogó a su primo, dándole una fuerte sustancia en una tacita de café.

Ella lo acompañó en la cama durante un largo rato.

Al día siguiente, César recordaba todo como si hubiera sido un sueño. Muy de mañana, él y su prima se pecharon entre la cocina y la casa. Ella sentía vergüenza por lo que había hecho.

—Yo si tuve un sueño raro anoche —le dijo César a su prima.

—¿Un sueño raro? ¿y con qué fue que soñate?

—No te lo puedo contar. Fue algo bonito; pero jamá' podrá ocurrir en la realidad.

César se pasaba la mayor parte de su tiempo tirado en su cama. A él nada parecía importarle. Sus ojos se veían tristes, y lucía sumamente delgado. Su familia se hallaba altamente preocupada por lo que le estaba pasando. Ella estaba muy intrigada porque no entendía lo que le ocurría.

César había enflaquecido tanto que parecía estar tuberculoso. Era que casi no comía ni tomaba, aun así: se bañaba para no molestar a los demás.

Qué cosa tiene la vida… aquel hombre se estaba muriendo pensando que tenía sida. En realidad, él a nadie le hablaba acerca de tal enfermedad que creía tener. No quería que aquello llegara a oído de su mamá porque ella estaba sufriendo del corazón. Pensaba que una noticia de esa naturaleza la iba a matar. Él escribió en su diario:

Hoy, que me siento tan solo, me encaro a mi diario para decirle por escrito que el sida me está robando la vida. Para confesarle que ni siquiera puedo sentir el consuelo de mi madre. Si ella llegara a saber lo que me pasa, probablemente moriría al instante y yo prefiero ver mi muerte antes que la de mi mamá.

No sé cuál fue el mal que hice para que Dios me pusiera a cargar con esta cruz tan pesada. Ésta, que parece carne de mi carne y huesos de mis huesos.

Eta enfermedad me ha alejado del amor y del placer. Como soy portador del sida, jamás tendré relaciones sexuales. No le transmitiré esta maldita enfermedad, que me está quitando la vida, a otra persona.

(Termina el fragmento del diario)

Por otro lado, la hermosa Amelia también estaba sufriendo mucho. Ella tenía muy cerca a Darling, el cual aprovechaba cualquier momento para enamorarla. Él le hacía grandes propuestas a aquella mujer que solamente pensaba en César.

La familia de Amelia decidió buscarle una solución al asunto: obligar a quien fuera su novio a casarse con ella.

Una vez que la familia de Amelia tomó aquella decisión, pasaron dos días para que Julián hablara con César. Él salió a buscarlo en horas de la tarde. Lo encontró en el patio de la casa de aquel joven, contemplando como algunas hormigas se llevaban a una pequeña lombriz.

—Ven acá, César. Yo no sé qué e' lo que etá pasando entre tú y mi hija; pero Amelia se etá muriendo por ti y yo quiero que utede do' se casen. Te va' a tener que casar con ella por la buena o por la mala.

—No me obligue' a casarme con Amelia, por favor: yo no puedo hacerlo.

—Tú sí te va' a tener que casar con mi hija o, de lo contrario, ve diciéndole a tu mamá y a tu papá que me vayan bucando lo' chelito' que me deben... Tú sabe' que pronto se cumple el plazo pa' que me paguen mi dinero.

—No tenemo' con qué pagarle. ¿Por qué uté no epera que a mi hermano, Danilo, le salga la residencia pa' que él le vaya mandando ese dinero que papá y mamá le deben? Su mujer llamó y dijo que etá haciendo todo lo necesario pa' que le salga pronto.

—No, César; si tú no te casa' con mi hija, te echaré a ti y a toda tu familia a la calle, pero ¿e' que tú no la quiere' ya?

—Yo la amo má' que a mi propia vida, por eso: no puedo casarme con ella.

—Yo no entiendo lo que tú dice': ¿cómo e' que no desea casarte con mi hija si la quiere tanto?

César se quedó callado, mientras que el papá de Amelia continuó diciéndole:

—Tú te va' a tener que casar con mi hija o, de lo contrario, te echaré a la calle a ti y a toda tu familia. He dicho… —se marchó.

César se quedó sumamente pensativo. Ahora aquel hombre lo había puesto entre la espada y la pared: si bien era cierto que no podía casarse con Amelia, también lo era que, de no hacerlo, le iba a ocasionar un gran problema a su familia.

Cuan diferente fue aquel hombre a mí… Él amaba a su prójimo más que a sí mismo, y yo… loco por mandar a todo el mundo al infierno.

César estaba sufriendo mucho por lo que le estaba pasando, pero no lo decía. Era que en realidad él casi no hablaba con nadie, desde que aquel análisis le dijo que tenía sida.

Al día siguiente, muy de mañana, César fue a la casa de Amelia y habló con el papá de la misma. En aquel momento, fijaron la fecha para la boda. También acordaron que Julián esperaría que Danilo se fuera para Los Estados Unidos, para que le pagara la deuda.

Cuando Darling se enteró de que Amelia se iba a casar, rápidamente, fue a la casa de César para hablar con él. Lo encontró en el patio, agregado a un árbol, cabizbajo.

—César —le dijo luego de saludarlo y le preguntó:— ¿e' verdad que tú te va' a casar con Amelia?

—Sí.

—Pero, César, no te case na': utede no se comprenden, no van a ser felice'.

—Yo no quiero casarme. No puedo casarme, pero tengo la' mano' atada'... Déjame solo, Darling, por favor. Quiero etar solo.

—¡Pero yo soy tu mejor amigo!... ¡Déjame hacerte compañía! ¡Quiero seguir hablando contigo!

—Te dije que me deje' solo, que te vaya'.

Darling se marchó sin decir nada y César se quedó donde estaba. Sus ojos se humedecieron y dejaron escapar lágrimas. De su boca se escuchaban algunas palabras:

—Dio', no sé por qué me ha tocado venir por ete camino tan duro. Yo te juro que no voy a tener relacione' sexuale' con Amelia ni con alguna otra mujer. No le voy a tranmitir, a alguien má', eta maldita enfermedad que me etá matando.

La boda, entre Amelia y César, se llevó a cabo en el día y en la hora acordada. La novia se hallaba tan feliz que hasta se reía sola. Todas las demás personas también se veían muy alegres. El único que se veía triste era el novio.

Para César, la luna de miel pudo haber sido el tiempo más feliz de su vida, pero le fue una pesadilla.

Aquella pareja entró a la habitación del hotel en que se alojaron. César se asomó a una ventana y desde allí miraba la ciudad. Tan quieto estaba que parecía un maniquí. Amelia se hallaba intrigada con la actitud de su marido. Ella pensaba que él se comportaba así porque nunca antes se había casado.

Amelia se desnudó completamente y él seguía parado frente a la ventana, como si no tuviera vida.

Al ver que su marido no le hacía caso, aquella mujer se dirigió a él. Lo abrazó y trató de besarle los labios. Él la empujó bruscamente al tiempo que le dijo:

—¡Déjame!

Amelia volvió a írsele encima, tratando de comérselo vivo.

—¡César, bésame, abrázame, hazme tuya! —le decía; pero César la empujó de nuevo y continuó parado frente a la ventana.

Amelia, ardiente de pasión, volvió a la cama y se acostó en ella, bocarriba, y empezó a masturbarse. Ella lanzaba un leve quejido con el cual trataba de excitar a su marido.

César continuó parado frente a la ventana. Gruesas gotas de lágrima rodaban por sus mejillas, estaba sollozando.

Aquel sí que era un hombre humanitario: él pensaba que, teniendo relaciones sexuales con su esposa, le transmitiría el virus del sida, y ponía el bienestar de ella por encima de cualquier impulso pasional.

Aquella mujer se llenaba de excitación conforme se masturbaba. Ella se hallaba intrigada por el comportamiento de su marido. Al ver que él no le hacía caso, se le fue encima de nuevo. Lo abrazó fuertemente y trató de besarlo una y otra vez, pero él se oponía.

César se sintió tan apasionado, al sentir el cuerpo desnudo de aquella mujer, que ya le iba a responder; pero recordó que era un portador del sida, según él. Pensó que, si sostenía relaciones sexuales con Amelia, se lo iba a transmitir. Fue por aquella razón que la empujó de nuevo, con tal brusquedad que la mandó a la cama. Él no decía nada. Ella se incorporó de nuevo y, desesperada y en un tono alto, le preguntó:

—¿E' que acaso no trae' todo lo que tienen los hombre'? ¿E' que acaso no ere' un hombre?

—¡Sí! ¡Yo soy un hombre, mira! —Le respondió César con un tono elevado y desesperado. Al decir aquello, sacó su pene al aire. Lo tenía completamente erecto. Una vez que se lo mostró a su esposa, volvió a guardarlo.

Amelia se sintió más excitada que nunca y se le fue encima a su marido. Él la empujó de nuevo, y aquella vez le gritó:

—¡Te dije que me deje' tranquilo! ¡Déjame tranquilo! —Sin dejar de vocear, salió de su habitación e iba huyendo por algunos de los pasillos de aquel hotel.

—¡Déjame tranquilo! ¡Quiero etar solo! ¡No quiero etar acompañado!

Darling, quien andaba merodeando la habitación de aquella pareja, vio cuando César salió huyendo como un loco. También vio que Amelia trató de seguirlo, y que sólo llegó hasta unos cuantos pasos fuera de su habitación porque ella se dio cuenta de que se hallaba desnuda, y retrocedió.

Amelia retrocedió para vestirse; pero Darling quiso sacar provecho de la situación. Rápidamente, entró a la habitación de aquella mujer. Ella se sintió muy sorprendida al verlo; pero él no perdió tiempo, cerró la puerta y se le fue encima. La abrazó fuertemente y la besaba con gran ansiedad.

Por algunos segundos, aquella mujer hizo grandes esfuerzos por alejar de su cuerpo a aquel hombre.

—¡Déjame tranquila! —Le decía— ¡Soy una mujer casada! ¡Déjame!

—No te voy a dejar…

Amelia se oponía a las pretensiones de Darling; pero su pasión era tan grande que terminó dominándola. Aquella mujer le entregó su virginidad a un hombre que no amaba.

Cuando César salió huyendo, muchas personas asomaron sus rostros para ver lo que estaba pasando. Algunas lo siguieron. Él llegó a una escalera y la iba a bajar tan aprisa que dio un traspié y rodó por ella. Pronto se hizo allí un montón de personas y llamaron a un hospital, y pidieron una ambulancia para que se lo llevaran.

Amelia hizo el amor con aquel hombre; pero fue con el nombre de César en su pensamiento y en sus labios. Al terminar, rápidamente se vistió y salió de su habitación para ver qué había pasado con su marido. Lo encontró cuando ya lo tenían en una camilla, listo para bajarlo y llevárselo a un hospital. Se inclinó para abrazarlo. Ella, entre gritos, le decía:

—¿Qué te pasó, César? ¡César, por Dios, háblame!

—Retroceda, señora. —le dijo uno de los médicos, quien la echó a un lado— ¿No ves que se encuentra malherido y que debemos llevarlo al hospital, cuanto antes?

Los médicos levantaron la camilla, la subieron en la ambulancia, y llevaron al herido a un hospital. Amelia lo siguió hasta allí y esperó para ver cómo andaba la salud de aquél. César había resultado con una pierna rota y dos costillas fracturadas.

A las dos o tres horas, la familia de César fue informada del accidente que él había sufrido. Pronto la mamá y los hijos de ella: salieron para el hospital que, por cierto, le quedaba lejos.

César regresó a su casa cuando fue dado de alta. Allá le pidió a su mamá que le fueran arregladas dos camas, en su aposento, una para él y otra para su esposa.

La mamá de César se sintió algo intrigada con la petición que le había hecho su hijo; pero pensó que era por las roturas que él había sufrido.

Pasaron tres meses.

Ya César estaba recuperado de las roturas que había tenido. Su esposa trataba de tener relaciones con él, pero era rechazada; por aquella razón: empezó a salir de la casa para verse con Darling.

Al transcurrir aquellos tres meses, la gente empezó a darse cuenta de que Leticia se hallaba embarazada. También Doña Tata lo notó y decidió hablar con ella. La llevó para atrás de la casa, a donde nadie pudiera oírla.

—Leticia, ¿tú etá preñá?

—¡Claro que no, tía, yo no etoy preñá!

—Esa barriga no e' de comida... Mejor dime la verdá, mira que, como quiera, eso se va a saber.

—E' verdá, Doña Tata, yo etoy preñá.

—Uhjú, ¿y de quién e'?

—Eso sí que no se lo voy a decir… No se lo puedo decir.

—Bueno… en eta casa siempre hemo' sido una familia muy decente. Tú echate tu moral por tierra y por eso te me va' de aquí.

—Por favor, tía; yo he vivido en eta casa dede que era chiquita… no me eche a la calle.

—Ven pa' ayudarte a recoger tu ropa porque mañana te me va de eta casa.

Doña Tata se dirigió al aposento donde dormía Leticia, quien la siguió muy de cerca. Aquella embarazada iba llorando.

Leticia recogía su ropa ayudada por su tía. Ella gemía porque no quería irse, y para ver si el esposo y los hijos de aquella señora: se enteraban de que se iba y trataban de frenarla; pero, cuando se enteraron, ninguno lo hizo a excepción de César. Al contrario, apoyaban a Doña Tata con la decisión que había tomado.

César se oponía a que aquella mujer fuera echada a la calle; pero no fue mucho lo que pudo hacer para que se quedara. Lo que sí hizo fue que empeñó un reloj que tenía y le dio el dinero que consiguió, a fin de que le sirviera para irse a la capital a donde su madre.

Leticia se fue muy triste.

Amelia era una persona que se había criado con grandes principios morales, pero no dejaba de ser mujer. Su marido no la estaba alimentando sexualmente. La estaba dejando pasar hambre. Ni siquiera una caricia tenía para ella.

Amelia amaba a su marido, pero él la rechazaba. Ella vivía llena de sentimientos pasionales: deseaba tener todo lo que tiene una mujer casada, y más ella que todavía era joven. El otro hombre, que la podía hacer sentir de verdad, según ella, era Darling, y como ya se había acostado con él…

De vez en cuando, Amelia salía a verse con Darling. La familia de César tenía sospecha de lo que estaba pasando. A tal grado llegaron las suposiciones que, una tarde, Danilo decidió ir tras las huellas de aquella mujer. Él observó cuando su cuñada se metió a la casa de Darling. Se acercó, acechó y la vio acostada con aquel hombre.

Cuando Danilo volvió a su casa se dirigió a su hermano, quien se hallaba en el patio caminando sin rumbo.

—César —le dijo— tu mujer…

—Mi mujer… ¿qué pasa con ella?

—Te etá pegando cuerno' con tu amigo, Darling.

—No me importa.

Tan sorprendido se sintió Danilo, al escuchar aquellas palabras, que agarró a su hermano por el cuello.

—Pero… ¿cómo no te va a importar que tu mujer ande con otro hombre? ¿E' que acaso no tiene' agalla' pa' defender lo que e' tuyo?

—¡Ya te lo dije: no me importa!

—En cuanto llegue a la casa, —le dijo Danilo al momento de soltarlo— la voy a echar a la calle como si fuera una perra.

—E' mejor que no lo haga'. ¿Acaso no recuerda' la gran deuda que mamá y papá tienen con Julián? A él le debemo' dinero y agradecimiento.

Cuando Danilo se marchó, César se aplastó para ver algunas hormigas reconstruyendo su morada. Se hallaba destrozado por dentro. Amargamente gemía. Él tuvo que dejarle a otro lo que tanto había deseado. Aquel pobre hombre se estaba consumiendo poco a poco.

César creía que tenía sida y se estaba muriendo lentamente, como si en realidad lo tuviera. Sentía un gran desaliento por creer que estaba enfermo. Él se metía a su aposento con su comida, dizque para comer; pero la echaba en una funda y luego la botaba. También se hallaba deprimido por lo que le estaba sucediendo con su esposa y porque Leticia había sido echada de su casa.

Aquel pobre hombre descuidó tanto su salud que, cinco meses luego de su boda, su desnutrición era tan grande que ya no se levantaba. Su mamá y su papá se hallaban tan preocupados que tenían que tomar diazepam para poder dormir.

César se estaba muriendo y nadie sabía por qué. Para colmo, no quería que lo llevaran al médico. Tan flacucho se hallaba que parecía un esqueleto con ropa. Sus costillas se le podían contar una por una.

César ya no tenía ánimo ni siquiera para mover su cabeza. Fue cuando su familia lo sacó y lo llevó a un hospital, pero ya era tarde. Sus intestinos se hallaban tan pegados que parecían ser una sola cosa, además: se le habían generados otras complicaciones. Estaba demasiado débil.

César murió al día siguiente, luego de haber sido internado en aquel hospital. ...Drogaron a su mamá para que su corazón resistiera todo aquello.

Amelia lo amaba, aunque últimamente lo estaba engañando con otro hombre. Ella no había sido drogada, por eso: gritaba con desesperación la muerte de su esposo. En su descontrolado llanto decía:

—¡Ay, César! ¿por qué no me usate? ¿por qué te fuite sin tenerme? ¡Ay, César, yo si te amaba! ¡Ay, César, yo si deseaba tener un hijo tuyo!

Al terminar de echar afuera todo aquello, sufrió un ataque de nervios. Algunos hombres y algunas mujeres acudieron a atenderla y trataban de aprisionarla fuertemente para que no fuera a golpearse. Ella movía su cuerpo y su cabeza de un lado para el otro, y tiraba sus piernas en una forma descontrolada.

Las personas, que escucharon lo que aquella mujer dijo, se hallaban sumamente intrigadas. Todas comentaban lo que ella había dicho y trataban de sacar claras conclusiones.

A las doce del mediodía, casi todos los que estaban en el velorio se hallaban comiendo. Fue cuando llegaron Leticia y su familia, de la capital. Tanto era el dolor que aquella embarazada sentía que se desmontó desesperada del vehículo. Ella también gritaba sin control. Algunos de sus parientes la abrazaban por cada lado para que, si sufría un ataque de nervios, no cayera al suelo: aquello le podía hacer daño a su embarazo. Ella, en su desesperado llanto, decía:

—¡Ay, César! ¿por qué te fuite y me dejate tan sola? ¡Ay, César, va a dejar que mi hijo nazca sin tener a su papá!

En el lugar, aquel había sido el velorio más comentado. La gente se enteró de muchísimas cosas. Yo, por ejemplo, ese día supe lo que aquí estoy escribiendo.

Lo que más intrigaba, a todo el mundo, era por qué César no había tenido relaciones sexuales con Amelia si ella era su esposa, y se amaban.

Cuando pasó el velorio del fallecido César, al día siguiente, Leticia le comunicó de nuevo a la familia del mismo, aquella verdad: el hijo que ella iba a tener era del difunto, pero nadie le creía tal cosa. Insistió tanto que hasta les juró por la salud del bebé que iba a tener. Seguían sin creerle.

Al atardecer de aquel día, Leticia se marchó de nuevo para la capital.

Al transcurrir dos meses, la familia del difunto César halló, en el aposento del mismo, el diario que aquél iba escribiendo. En las últimas hojas, escribió todo lo que había sufrido desde que se enteró de que era portador del sida, según un análisis. También encontraron la prueba que él se había hecho.

Al pasar los días, los hermanos de César estaban viendo como su mamá se consumía en su cama. Ellos no querían quedarse cruzados de brazos ante aquella situación: decidieron hablar con algunas personas de su vecindario para que fueran a visitarla con frecuencia y, de paso, le aconsejaran que tomara todo aquello con resignación. Le aconsejaban que se parara de su cama y que comiera, pero aquello no daba resultado.

Doña Tata se pasaba la mayor parte de su tiempo echada en su cama. Ella casi no comía y todavía lloraba la muerte de su hijo. Se hallaba muy mal física y mentalmente. Si su familia no hacía algo que la controlara, también la iban a perder. Fue por eso por lo que la llevaron a un siquiatra para que la viera; pero ella no mejoraba, al contrario, cada día se veía peor.

Danilo y Diego, y su papá: se reunieron para conversar acerca de la salud de Doña Tata. Llegaron a la conclusión de que lo mejor era que Leticia volviera a la casa para que le hiciera compañía y la atendiera. Se hallaban confundidos al respecto: si aquella mujer estaba embarazada de César, lo más probable era que ella también tuviera aquella enfermedad. Fue por tal razón que decidieron ponerle ciertas reglas de juego en cuanto llegara.

Cuando Leticia llegó de la capital, Diego decidió hablar con ella a solas. Fue en la cocina, mientras ella preparaba un poco de café.

—Leticia —le dijo— es muy duro lo que tengo pa' decirte, epero que sea' fuerte cuando lo oiga'.

—No te preocupe': no creo que me hable' de algo peor que de la muerte de tu hermano.

—César iba ecribiendo su vida en un diario y, de acuerdo con lo que ecribió, y un análisi', que encontramo' en su cuarto, no' dimo' cuenta de que él tenía sida…

—¡Eso no puede ser!

—¿Por qué no puede ser?

—Porque a toda mujer embarazada se le pide la prueba del sida. Yo ya me la hice y salí negativa, eso quiere decir: o que no me contagió o que no lo tenía.

—Eso también quiere decir que ese muchacho, que tú va' a tener, no e' hijo de mi difunto hermano.

—Si tú quiere' creer que ete niño e' hijo de tu difunto hermano, o no lo e', eso a mí no me importa.

Yo sí te juro, por lo que tú quiera', que sí fue César el que me embarazó.

Al terminar de hablar, Leticia y Diego tomaron una tacita de café cada uno y volvieron a la sala de la casa. Una vez allí, se acomodaron para continuar conversando.

Diego quedó intrigado por lo que había oído, por aquella razón: al día siguiente, fue a entrevistarse con el doctor que había atendido a su hermano, para tratar de aclarar la situación. Lo encontró momento antes de que entrara a pasar consultas en el hospital donde trabajaba. Luego de saludarlo, le dijo:

—Doctor, yo quiero preguntarle una cosa: ¿cree uté que mi hermano murió de sida?

—Tu hermano, al momento de morir, se hallaba tan desnutrido que sí parecía estar enfermo de sida; pero él tenía gran parte de sus intestinos pegados, además: tenía otras complicaciones y estaba demasiado débil, eso fue lo que le causó la muerte.

—En su cuarto, encontramo' ete análisi' de sida que él se hizo. El resultado fue positivo. Él no no' habló de eso porque no quería preocupar a mamá.

—Uh, lo más probable es que sí tenía sida, eso pudo hacer que él no comiera y, de ese modo, tal enfermedad lo mató. No entiendo cuál es el problema.

—Pues que una prima mía va a tener un hijo y dice que e' de mi difunto hermano.

—Pues debe ser una portadora sana del sida. El niño también lo tendrá.

—Pero, doctor, ella se hizo la prueba y salió negativa. Leticia no e' portadora del sida. Yo quiero que uté me ayude a poner en claro lo que etá pasando.

El doctor se hallaba confuso con lo que estaba escuchando. Por aquella razón: le pidió a Diego que le contara la historia completa, desde el principio. Una vez que la escuchó se hallaba más intrigado. Él tenía tantas interrogantes como Diego: o aquella mujer no había quedado embarazada del ya difunto, o César no tenía sida. Al observar detenidamente el análisis, pudo ver que todo estaba correcto.

Por otro lado, Leticia le juraba a todo el mundo que el bebé, que iba a tener, era del ya difunto. La gente sacaba sus conclusiones tratando de llegar a la verdad.

Los hermanos del difunto se hallaban altamente enfadados con Leticia. Ella había levantado un gran rumor en la gente, aun así: no se lo reprochaban porque Doña Tata había mejorado mucho, luego de que la embarazada volviera.

La investigación acerca de si César tenía sida o no, fueron inválidas ya que no llegaron a la verdad. Para ellos, su hermano había muerto por aquel virus.

Transcurrido unos meses, ocurrió que Amelia se casó con Darling; pero ella aún no había olvidado a César ya que, de vez en cuando, lo lloraba. Por lo general, siempre estaba triste.

Leticia tuvo un bonito bebé que se parecía mucho a su difunto padre, aun así: nadie aceptaba que era hijo de César. Todo el mundo pensaba que se parecía al difunto por los lazos familiares que había entre él y ella.

A punto de aquel año morir, cuando era treinta y uno de diciembre, Darling se hallaba en una fiesta y tomó más bebidas alcohólicas que las que debía ingerir. Como a las dos de la madrugada, habiendo entrado el nuevo año, algunos de sus amigos lo llevaron a su casa y lo acostaron en su cama. Su esposa lo contemplaba y le escuchaba decir algunas cosas.

Aquel hombre sacó de su pensamiento cosas que no debía decir: habló de lo que le hizo a César. Su esposa lo contemplaba atentamente y lo motivaba a continuar hablando.

Aquel día, cuando Darling despertó, ya amaneciendo, no encontró a su esposa en su casa. Él se sintió sorprendido y preocupado. Sabía que, cuando ingería mucha bebida alcohólica, hablaba demasiado. Por eso tenía muchísimo tiempo que no tomaba en exceso.

Amelia salió de la casa en que estaba viviendo con su marido, tan temprano que aún no había amanecido. Lloraba y gemía amargamente. Sus ojos lagrimeaban, estaban algo colorados, parecían dos tomates maduros. Su dolor era tan grande que nada la iba a detener en lo que estaba por hacer.

Empezaba a caer el alba, cuando aquella mujer llegó a la casa del ya difunto César. En ella todo el mundo aún dormía porque nadie se había metido en parranda. Decidió llamar para que le abrieran.

Los hermanos del ya difunto se tiraron de su cama, se vistieron rápidamente y se dirigieron a la puerta delantera. Ellos sentían rencor por aquella mujer porque le pegaba cuernos a su hermano. Quien abrió fue Diego y casi le tiró la puerta en la nariz a la pobre Amelia; pero se detuvo al ver cómo andaba y la amarga expresión de su rostro, aun así: no dejó de ser grosero con ella.

—¿Qué quiere'? —le preguntó.

—Quiero hablar contigo y con tu hermano.

—Tú no tiene' na' que hablar con nosotro'. Si peliate con tu marío y viene' a bucar consuelo, mejor vete de aquí. Y má' te vale que te vaya pronto porque le pegate cuerno' a César y eso todavía no se no' olvida.

—Sí. Es verdad que le pegué cuerno'; pero lo hice porque, en lo que etuve casada con él, no me hizo sentir mujer. Una ve' no' besamo', por alguno', segundo' y fue porque lo obligué. Cuando yo quería acompañarlo en la cama, él se acotaba en la otra.

—Eso e' mentira —intervino Danilo— nuetro hermano era muy hombre. Si no andaba con varia' mujere' era por su gran seriedad, y porque sólo te amaba a ti.

—Sí. Es verdad que era muy serio y que me amaba, por eso fue que nunca quiso tener relasione' sexuale' conmigo, y mucho meno' luego de creer que etaba enfermo. Él pensaba que tenía sida y que me lo podía tranmitir. Por no poderlo entender... yo etaba que me volvía loca.

—Danilo —le dijo Diego a su hermano— ella tiene razón en lo que etá diciendo.

—Sí... —respondió Danilo mientras se pasó una de sus manos por su cabeza.

—¿No van a oír lo que quiero hablar con utede'? —preguntó Amelia.

—No creo que sea algo que no' interese, pero... habla'. —Respondió Danilo

—No quiero que otra persona vaya a oírla conversación, vámono' pal patio.

Cuando los hermanos Méndez y Amelia se fueron a la parte del patio que le quedaba más lejos de la casa, hubo amanecido por completo.

—¿Ustede' no saben —le preguntó Amelia— que César no tenía sida?

—¿¡Qué no tenía sida!? —preguntó Diego.

—Pero si allí etá el análisi' que dice positivo —explicó Danilo.

—Lo que pasó fue —intervino Amelia— que Darling sabía que tu hermano se iba a hacer la prueba del sida, ante' de casarse conmigo, por eso: habló con el hombre que entregaba los análisi', en el hopital de Salcedo, pa' que le saboteara el resultado y lo pusiera positivo, en caso de que saliera negativo.

—Pero ven acá... —le dijo Danilo, y le preguntó:— ¿Y cómo e' que tú sabe eso?

—Darling tiene un problema con el ron: cuando se pasa de alcohol, dice to' lo que sabe, habla sin control.

Al hablar Amelia, gruesas gotas de lágrimas rodaron por sus mejillas. Ella terminó llorando a todo dar.

—Yo amaba a César, pero Darling no' degració la vida. Ahorita quise darle un garrotazo y dejarlo tirado en la cama, pero no pude.

—No te apure —le dijo Danilo— que nosotro', calladito, lo vamo' a averiguar to'. Cuando etemo seguro de que eso e' verdá, le vamo' a dar su merecido al hombre ese y al que depachaba los análisi' en el hopital...

Destrozada, Amelia se fue a la casa en que estaba viviendo. Los hermanos Méndez continuaron conversando acerca de lo que habían oído. En ese preciso momento, decidieron emprender una minuciosa investigación.

Cuando Amelia llegó a la casa encontró a su marido con una tremenda resaca. El diablo parecía estarle llevando el estómago, la cabeza y todo el cuerpo; pero lo que más lo preocupaba era lo que pudo haber dicho, mientras estuvo ebrio. Su esposa lo miraba atentamente, tratando de ocultar el rencor que sentía por él. Aquel hombre la observaba como si quisiera escudriñarle el pensamiento.

—¿Pa' dónde andaba' tan temprano? —le preguntó Darling a su esposa.

—Fui a caminar un poco: e' bueno caminar sintiendo la frecura de la mañana.

—Amelia, mientra' yo etaba borracho, ¿hablé mucho?

—Sí, digite alguna' tontería'... Iré a mi cuarto a preparar mi ropa porque me voy de eta casa.

—¿Que te va de eta casa? No, no te va'.

—¿Y quién me va a detener?

—Yo te voy a detener —y se le paró en frente para impedirle que se dirigiera a su aposento a preparar su ropa.

—Má' te vale que no lo haga'... Má' te vale...

Al terminar de hablar, Amelia lo echó a un lado y se fue a su aposento a preparar su maleta porque se iba de aquella casa. Darling, tranquilamente, la dejó pasar.

Darling sentose de nuevo en un mueble, se hallaba cabizbajo. Las olas de la incertidumbre golpeaban las costas de su pensamiento. También lo perturbaba un fuerte dolor de cabeza y toda su resaca.

José trató de llegar a Los Estados Unidos, luego de haberle entregado el resultado del análisis de sida a César. Como el viaje era por México, en la frontera fue apresado y lo devolvieron para acá. Lo cierto es que ahora está de nuevo en este país, friendo tusa.

Creo que le era mejor que por allá lo hubieran acribillado a tiros...

Los hermanos Méndez andaban detrás del hombre llamado José, quien le saboteó el resultado del análisis del sida a César.

Una noche, ya avanzada, cuando José andaba de parranda a pies, los hermanos Méndez lo esperaron agachado en la entrada del callejón en que aquél vivía. Lo vieron acercarse. Uno de ellos le dio tremendo garrotazo en el hombro. Aquel hombre perdió el sentido y se desplomó. Cuando cayó al suelo, ambos lo levantaron, lo montaron en medio de una motocicleta y se lo llevaron para donde el diablo dio las tres voces y nadie lo oyó, para el medio de una finca. Allí le amarraron las manos y los pies, y esperaron a que él despertara a fin de torturarlo para que dijera la verdad acerca de lo que le hizo a César.

Cuando José despertó casi se le desprende el alma: él sentía un gran temor al estar en aquel solitario lugar y ante aquellos dos hombres. La luna, llena en aquel entonces, los acechaba por un claro que dejaban las copas de los árboles.

—¿Qué...? ¿Qué hago aquí? ¿Quiénes son ustedes? —preguntó José sumamente atemorizado.

—Somo' amigo' tuyo —le respondió Danilo— sólo queremo' saber: ¿por qué tuvite que sabotear el resultado de la prueba del sida, que César fue a hacerse en el hopital, cuando tú trabajaba' allá?

José estaba tirado en el suelo, bocarriba. A él le tenían los pies atados, al igual que las manos, para que no se escapara.

Danilo, con una de sus manos, sostenía a aquel hombre por los testículos, aunque todavía no lo apretaba.

—Yo no sé nada de ningún César.

—Má' te vale —le dijo Danilo— que hable' por la buena si no te quiere quedar sin grano'.

Aquel hombre se negaba a hablar.

El atado hacía grandes esfuerzos por sentarse y soltarse, pero no podía. Él volvió a escuchar la voz de Danilo.

—¿Por qué tuvite que sabotearle el resultado del análisi' de sida a César? Ese hombre que era tan serio, tan humilde, tan sencillo... Él nunca le hizo mal a persona alguna.

Llegó un momento en que César decidió continuar hablando; pero no quería decir lo que los hermanos Méndez querían oír.

—Yo no sé de qué me están hablando.

—Pero, José, —le dijo Diego— habla' ante' de que sepa' cuánta fuerza tiene mi hermano.

—Yo les dije que no sé de qué me están hablando. No tengo nada qué decirles.

—Yo voy a ver si e' verdad que tú no sabe' de lo que te etamo' preguntando —le dijo Danilo al prisionero y decidió castigarlo por los testículos, e iba apretándolo conforme le preguntaba acerca de César y del análisis.

Aquel hombre gritaba como un cerdo hambriento. Fue por aquella razón que decidió decir la verdad.

—Es verdad —les dijo— que ese hombre no tenía sida: su análisis salió negativo, pero yo le puse positivo.

—¿Por qué lo hisite? ¡habla! —Le volvió a preguntar Danilo, sin soltarle los testículos.

—Un amigo mío, llamado Darling, me pagó para que lo hiciera. Él me dio ciento cincuenta mil pesos. Quería suspender la boda entre César y Amelia, y eso fue lo mejor que se le ocurrió. Como César le dijo que se iba a hacer la prueba del sida, antes de casarse…

—¡Maldito! ¡Ahora mimo te voy a puyar como a un puerco! —Al decir aquello, Danilo extrajo un pequeño punzón que tenía enganchado en su cintura.

—¡No me mates, por favor, tengo tres niños que mantener!

Danilo no le hizo caso. Se detuvo solamente porque Diego le sostuvo el brazo, en el que tenía la mano, en la que llevaba el punzón. Al hacer aquello le dijo:

—¡No lo mate: nosotro' no somo' acecino!

—¿Qué no lo mate? ¿Qué quiere' tú? ¿qué le agradezca por lo que le hiso a nuetro hermano?

—Mañana iremo' al cuartel pa' poner la querella.

Los hermanos Méndez soltaron a José y lo dejaron abandonado en aquella finca. Inmediatamente, él trató de salir de allí siguiendo la dirección del caminito que habían seguido Diego y Danilo. Como eran las tres de la madrugada, sentía miedo y caminaba lo más rápido que le era posible.

Al día siguiente, como a las once de la mañana, los hermanos Méndez ya iban a salir para el cuartel; pero les llegó la noticia de que José tuvo un trágico accidente en el cual había muerto. Al parecer, estaba tratando de huir porque aquello ocurrió lejos de su casa. Andaba en la motocicleta de su hermano, la cual se llevó sin pedirle permiso.

Los hermanos Méndez no fueron a poner la querella en contra de José porque había muerto. Tampoco la pusieron para que apresaran a Darling: para él, tenían otras cosas reservadas. Ellos deseaban apresarlo y someterlo a un riguroso castigo, y luego entregarlo a las autoridades; pero aquel hombre era muy esquivo y más al sentir que las cosas se le estaban poniendo difíciles.

Al acercarse el tiempo a este presente, en que estoy escribiendo, Darling trataba de ver a su esposa. El problema era que, cuando él iba a la casa de Julián, ella se le encerraba en alguno de los tres aposentos que aquella vivienda tenía. Varias veces, el papá de Amelia lo echó porque no le gustaba que se le hiciera escándalo en su hogar, pero el joven volvía de nuevo.

Un domingo, en horas de la mañana, Darling fue a ver a su esposa. Aquella vez parecía andar drogado porque voceó más que en otras ocasiones. Por aquella razón, se enfrascó en una tremenda discusión con el papá de Amelia.

Muchas personas se reunieron allí, atraídas por las voces, y le dieron grandes consejos al joven, y no dejaron que pelearan. Un entrometido le dijo a Darling que su esposa se hallaba en la casa del ya difunto César. Él salió para allá, en su camioneta.

Como era domingo, Amelia había ido a visitar a la familia Méndez para hablar con Leticia acerca de los rumores del embarazo; pero no la halló allí porque ella había salido para la ermita del vecindario, acompañando a su tía y al esposo de aquella vieja. Quien estaba allí era Danilo, y se enfrascó en una discusión con él porque aquél le reclamaba el que se hubiera involucrado con otro hombre, cuando estaba casada con César.

Cuando Darling llegó a la casa de los Méndez vio que su esposa se encerró en uno de los aposentos. Ella estaba discutiendo con Danilo cuando lo vio llegar.

Darling entró a aquella casa sin saludar siquiera. A toda voz, llamaba a su esposa y golpeaba la puerta del aposento en que se hallaba encerrada. Lo hacía con la palma de sus manos, y también la pateaba. Darling parecía haber enloquecido por la forma tan desesperada que estaba actuando. Danilo salió a buscar un colín que había dejado en la cocina.

Darling vio a aquel hombre que se le acercaba rápidamente. Él dedujo que no lo hacía con buenas intenciones. Fue por aquella razón que sacó y sobó su pistola.

Darling se hallaba con su pistola sobada y apuntándole a Danilo, quien lo amenazaba con su colín. Sendos se envolvieron en una conversación de pocas palabras.

—Te me va' de eta casa —le dijo Danilo al visitante.

—Yo no me voy.

—Tú te va'.

—Te dije que no me voy, coño.

—Má' te vale que te vaya'.

—Yo te dije que no me voy, sin mi mujer.

Darling decidió retirarse y se iba alejando; pero sin darle la espalda a Danilo, quien lo sigue muy de cerca. Al salir al frente de la casa, pero sin haber salido del patio, el hombre de la pistola se detuvo y cambió de opinión: dijo que se llevaría a su esposa por las buenas o por las malas.

—Quítate del medio que voy a bucar a mi mujer.

—No me quito.

—¡Que te quite, coño!

Al decir aquello, Darling le disparó a Danilo en un lado del pecho, y le pasó por encima, pisoteándolo una vez que hubo caído.

Darling volvió de nuevo al interior de la casa. Fuertemente, golpeaba una puerta que daba acceso a la habitación en que se hallaba Amelia. Al parecer, se olvidó de que afuera había dejado a un hombre mal herido y tirado en el suelo.

—¡Ábreme la puerta! ¡Que me abra la puerta, coño! —voceaba Darling como enloquecido.

Diego había salido a hacer una diligencia que le tomaba poco tiempo. Cuando llegó a su casa, vio que su hermano se hallaba tirado frente a ella. Escuchó que un hombre daba voces dentro de la vivienda, parecía estar loco.

Cuando Diego llegó a donde estaba tirado su hermano, se sintió muy sorprendido, irritado y nervioso. Danilo parecía estar muerto. ...Levantó el colín que se hallaba junto al herido.

Diego vio como su hermano sangraba, y que tenía un tiro a un lado del pecho. Pensó que estaba muerto; pero en realidad lo que le pasaba era que había perdido el sentido. Rápidamente, supuso que aquello lo había hecho Darling y se dirigió a él con el colín en una de sus manos. Iba muy aprisa, dispuesto a usar el arma que llevaba: ya no le importaba si se convertía en un asesino o no.

Darling se hallaba muy atento en lo que estaba haciendo. Aquel hombre todavía cargaba su pistola sobada, en una de sus manos. Él no se dio cuenta, a tiempo, de que Diego se le acercaba con un colín. Cuando se percató de la situación ya era tarde: uno lanzó un machetazo y el otro hizo un disparo.

El balazo hizo blanco en el estómago de Diego; el machetazo se pegó en el cuello de Darling. Sendos cayeron al suelo. Fue en aquel momento que empezaron a llegar los comunitarios.

Los hermanos Méndez fueron internados en un hospital. Tan cerca de la muerte se hallaban que los doctores no los aseguraban. A ambos los operaron y lograron sobrevivir. Luego lo encarcelaron; pero no duraron mucho tiempo en prisión ya que aquello fue puesto como defensa propia.

Darling también iba a ser socorrido; pero su herida fue muy letal, por lo que estaba sangrando demasiado. Él falleció casi inmediatamente. Llamaron a sus familiares para que fueran a buscar el cuerpo y le dieran cristiana sepultura.

A Doña Tata la pusieron en un riguroso tratamiento y se sanó. Uh... no es que está muy sana todavía, pero ...digamos que está alentadita.

Aunque mi alma sea tan dura como una piedra, cada vez que me recuerdo de lo que le hicieron al pobre César, siento que se me pone algo blanda. La tristeza se adueña de mí y mis ojos se humedecen. Ojalá que, cuando yo haya muerto, él, Darling y yo: nos encontremos por allá para que demos una conversadita.

Ahora, que termino este relato, siento que el sida y la muerte no me esperarán mucho tiempo. Solamente me restará decirle adiós a los que se queden y que siempre les quise escribir.

Fin...